フェロモン探偵 花嫁になる

丸木文華

white
heart

講談社X文庫

目次

「フェロモン探偵」シリーズ

キャラクター紹介

夏《なつ》川《かわ》 映《あきら》

和装の美形探偵。由緒ある家柄で、絵画と琴の腕前は天才的。厄介事と妙な男を引き寄せてしまう超トラブル&フェロモン体質。美少年好きでタチと公言している。

川《かわ》越《ごえ》 隼《しゅん》

芸能事務所のマネージャー。フェロモンが見える特殊能力を持つ。

夏《なつ》川《かわ》拓《たく》也《や》

映の兄。雪也とは大学時代からの友人。

Pheromone Detective Series

Characters

如月雪也《きさらぎゆきや》

本名は白《しら》松《まつ》龍一《りゅういち》。実家は関東広域系ヤクザ白松組。家業は継がず、大学時代に会社を興し、今は悠々自適の生活。記憶喪失だったところを映に拾われ、助手になる。ゲイではなかったが、映とは体の関係に。

白松龍二《しらまつりゅうじ》

雪也の双子の弟。白松組若頭。

夏川美月《なつかわみつき》

映の妹。映の数少ない理解者。

イラストレーション／相葉《あいば》キョウコ

フェロモン探偵　花嫁になる

花嫁連続死傷事件

人は誰しも未来を想像し希望や不安を抱くものだ。

子どもの頃はただ自由に夢を見るだけだろう。けれど長じるにつれて現実を知り、自分の将来がどうなるのか地に足をつけて考え始める。

もちろん、明日は明日の風が吹くと自由に生きていくのもひとつの道だ。

夏川《なつかわ》映《あきら》はそんな生き方をしてきた人間の一人だった。父は日本画の大家、元華族の母は琴の一大流派の家元と、華々しい家庭に生まれ、自身もあらゆる才能に恵まれていながら、それらすべてを捨ててパトロンに頼った根無し草のような生活を送ってきた。

それが自らが探偵業を営む事務所前でぶっ倒れていた男を拾ったことで、徐々に変わり始めた。如月《きさらぎ》雪也《ゆきや》と名付けた男の正体は関東広域系ヤクザ白松組《しらまつぐみ》の長男、白松龍一《りゅういち》だったが、雪也の粘着質かつ献身的な愛情により、映は自分がかつて捨ててきたものたちをその手に取り戻しつつある。

将来のことなど少しも考えていなかったのに、今では画家として復帰するために着々と個展の準備を進めている最中だ。ふしぎと、これからのことに対して不安はあまりない。それは常に隣にいる男が何とかしてくれるだろうという投げやりな安心感があるせいなのだろうか。

「映、今大丈夫？」

「うん、いいよー。丁度ひと息つこうとしてたとこ」

　母の麗子《れいこ》が夕方に映が作業をしているアトリエにやってきた。この作業場は実家とは目と鼻の先で、よく昼食をとりに戻ったりもする。差し入れを持って家族が度々やってくることもあり、なかなか快適な環境である。

　生粋《きっすい》のお嬢様育ちである麗子は立派に成人した子どもが三人いるとは思えないふわふわとした雰囲気で、息子の映と同じく相変わらず年齢不詳の顔で微笑《ほほえ》んでいる。

「どう？　順調に進んでる？」

「ああ。予定より早く終わりそう。結構余裕ある感じだよ」

　個展を開くと決めてから半年近くが経《た》った。最初に一年後あたりに開くことを予定し、会場も押さえてある。計画していた絵もスケジュールより早く上がっており、これまで描いてきた絵も展示し、ロシアのピョートル別邸の襖《ふすま》絵《え》も映像や印刷でお披露目《ひろめ》する段取りはついている。

　麗子は「お弟子さんにいただいたから」と菓子の包みを解いて紅茶を淹《い》れつつ、「ああそうそう」と思い出したように顔を上げる。

「そういえば、あなたのお友達から連絡来てたから、都合のいいときにかけてね」

「ああ、またなんだ。誰？」

雲隠れしていた映の所在が明らかになってから、よく昔の知人友人らから連絡が来るようになった。もちろん、中には知り合いと言いながらマスコミの人間が紛れ込んでいたりするが、そういう相手は映が電話に出ればすぐにわかる。

「間宮《まみや》くんよ。懐かしいわねぇ。うちにもよく来てた子だから覚えてるわ」

その名前を聞いて、動かしていた絵筆が一瞬止まった。

間宮大地《だいち》。映の大学の同級生だ。親友と言ってもいい、仲のいい友人だった。

「そっか……。何の用事かとか、言ってた？」

「ううん、特に何も。映に後で連絡させますって言ったら、じゃあ待ってます、って。あ、あと、個展の話おめでとうございますって言ってたわよ。ぜひ観に行きたいって喜んでたわ」

「ふーん、そっか。あいつ、絵なんて興味なかったくせにな」

「皆、映の活動再開が嬉《うれ》しいのよ。ずっと連絡も取れてなかったんだものねえ」

「昔の友達なんて、そんなに気にするもんじゃないだろ。ただ物珍しいだけだよ」

気のないふりをして母と会話しながら、映は内心の動揺を誤魔化《ごまか》すのに必死だった。何しろ、間宮はただの友人ではない。彼は、映が大学卒業後トンズラするために婚約者を押しつけた相手だったのだから。

（バレてはいない……はず。さり気なく二人がくっつくようにもっていったけど、俺がどうしてそんなことしたのかなんて誰にもわかるはずねぇし）

そうは思いつつも、罪悪感は消えない。幼い頃からの許嫁《いいなずけ》だった宮野瞳《みやのひとみ》は、現在父親が頭取を務める銀行で働いており、映の中にいた深窓の令嬢、傷つきやすい硝子《ガラス》のようなお嬢様から成長し、しっかりとした大人の女性になっていた。

家を出ても頭からずっと離れなかった彼女への負い目が、現在の姿を実際に見て少し和らいだのは去年のことだ。間宮と瞳が別れていたと聞いて、自分のせいで彼女のすべてを変えてしまった、台無しにしてしまったのではないかと思っていたが、それは映の自惚《うぬぼ》れだった。

（間宮の方は特に心配してなかった。彼女とは違って普通に今までも付き合ってた女いたみたいだし。でも、やっぱ騙《だま》したって気持ちは消えないし、気になってはいたけど実際連絡来るとビビるもんだな……）

間宮を瞳の相手として選んだのは、無論友人として付き合ってその人柄のよさにまず目をつけたのと、福島の田舎《いなか》の村出身だが身につけているものやその育ちのよさを窺《うかが》わせる立ち居振る舞いからしても相当富裕な家の出であると思われることが大きな要因だった。

やはり育ってきた環境や価値観というものは一朝一夕には変わらない。豊かな家で育った瞳には、同じく裕福な家で育ち余裕のある穏やかな性格の間宮が合うと思ったし、もちろん身長や容姿も申し分なかった。

二人を会わせる機会をさり気なく増やしながら様子を見ていると、恋愛経験値がほとんどない瞳がすぐに間宮に興味を覚え始めていくのが手に取るようにわかった。これまで瞳の好みの有名人の傾向を見ていて、間宮の爽《さわ》やかなすっきりとした顔立ちは絶対にイケると思っていたが本当にその通りになった形だ。

間宮も満更でもない雰囲気だったが、もちろん映の婚約者と知っていたので軽率に手を出してくるようなことはしなかった。そこを、じわじわと『自分は実は親同士が決めた許嫁という形には賛成できない』『本当に恋愛をして結ばれるのが正しいと思っている』などと吹き込んでゆき、そして暗に『自分には瞳に気持ちがない』ということをチラつかせた。

結果、二人は相思相愛となった。映はそれを祝福し、必ず幸せになってくれと二人を応援することを約束したのだ。

正直、瞳の恋心の方が大きいように思えてやや不安だったが、二人が後に別れた理由がそのことだったのかはわからない。ただ、映が堂々と二人を認めたことで、間宮は後に引けなくなった感があったことは否めなかった。

その印象が、間宮に対する映の気まずさに繋《つな》がっているのだが、こうして連絡を取ってきたということは、あちらは映に再会したいという思いがあるのだろう。

（うーん……どうすっかな……このまま連絡しないって手は……使えねぇか……）

間宮は映の実家を知っている。直接来られてしまえば、近くにあるこのアトリエまでもすぐだし、居場所を明かしてしまった今、あちらが会おうとすれば逃げまわることはほぼ不可能である。

（まあ、ちょっと会いたいってくらいのことかもしんねぇし……変に渋るより他の奴《やつ》らみたいにさっさと話して、じゃあまた今度って感じで流しとく方がいいよな）

大学ではいちばん仲がよかったと言っていい関係だったが、こうして妙に緊張しなければいけないのが少々悲しい。それもこれも自分の卑怯《ひきょう》な企《たくら》みのせいではあるのだが、個展を開くことを決めた時点でこういった展開が待っているとは正直想定外だった。

「今日も白松さん、来るんでしょう？」

「へ？　あ……、ああ、多分」

映が旧友に思いを馳《は》せている間に手際よくアトリエの掃除をしていた麗子が、のほほんと雪也のことを訊《たず》ねてくる。

「じゃあお夕飯、二人分はこっちに置いておくわね。映も食べるの忘れて没頭するのやめなさい」

「わかってるよ。いつもありがとう」

内心の動揺を抑えつつ礼を言い、映は作業に打ち込むふりをした。

雪也は映が本格的にこのアトリエで活動を始めてからというもの、自分もここに拠点を置いて仕事をしている。映が一作品終えて息抜きをしたいというタイミングで汐留《しおどめ》に帰る程度で、度々外出をすることはあるが、ほぼ毎日映の近くにいる生活だ。

(俺に集中して欲しいからって別室にいて作業中は全然声かけてこねぇから、時々雪也がいるの忘れそうになるけど……何かここに雪也といるって変な感じなんだよなぁ)

一時期はこの近辺をマスコミがうろついていただけに、映を一人にするという選択肢は雪也の中にはないようで、かと言って毎晩映を汐留に連れ帰るのも絵の妨げになるだろうという一方的な配慮からこういう形になっている。

家族にはさすがに雪也が毎日ここに寝泊まりしているとは言いづらく、時々泊まることもあるという話をしてあるが、二人の関係を唯一知っている妹の美月《みつき》だけは事情を把握している。

(そう、間宮の何が問題かって、雪也なんだよな……何かこう、変に勘ぐられそうで実際会う前からめんどくせぇんだよ)

依頼で知り合い、妙な縁で繋がっている芸能事務所マネージャーの川越《かわごえ》づてで名刺を貰《もら》った週刊誌の編集長の庄司《しょうじ》という男がいた。他のマスコミから助けてもらった礼のつもりで彼をここへ入れたことで、雪也は映の周りをひどく警戒している。なので、最近よく連絡を寄越す友人知人たちと会うときには必ず同席するか別室で待機してもらうということになっているのだ。

もちろん実際会ってみればよからぬ目的だった人物もいたので、今のところ雪也の存在は心強いものなのだが、間宮の場合は少々複雑である。

考えあぐねたが、とりあえずは正直に今の状況を打ち明けることにした。夜に会議から帰ってきた雪也は、麗子が置いていってくれた夕食を映ととりながら、いつも通り今日は何をやっていたのかなどと日常会話ならぬ尋問を交わし、リラックスした様子である。

「早いものですねぇ。もう映さんの個展まで半年くらいしかないだなんて」

「一応順調に進んでるよ。皆周りも協力してくれてるし」

「それだけ多くの人が待ち望んでいたんですよ。だって映さんの友人の方々なんかも続々連絡を取ってきてるじゃないですか。皆会いたがっていたと思いますよ」

丁度雪也の方から友人の話が出た。映はこのタイミングを逃してはならないと口を開く。

「そういえばさ……今日母さんがまた俺の友達から電話が来たって言うんだ」

「へえ。今度は誰なんです？」

「雪也も少しは知ってると思う。ほら、俺の元婚約者を押しつけたっていう……」

「ああ、その人ですか。なるほど」

雪也はコーヒーを飲みながらゆっくりと頷《うなず》く。

「彼は当時の映さんの思惑を未《いま》だに知らないわけですよね」

「うん、そうだと思う。まあ、大学卒業と同時に俺がいなくなったから、もしかしたら少しは察したかもしんねぇけど……どうだろうな」

「会うんですか？」

まだ間宮に電話はしていない。今夜あたりかけようと思っていたが、会わないという選択肢はあるのだろうか。

「そうだな……たとえば作業が忙しいとかで先延ばしにしても、結局個展が開かれれば来るだろうし、実家の場所も知ってるし……変に避けるのも微妙だと思うし」

「そうですね。映さんは気まずいかもしれませんが、婚約者だった彼女を任せようとするくらいですから、仲がよかったんでしょう？　それじゃ、少し会うくらいはしておいた方がいいんじゃないですか」

雪也の言葉に映は内心ほっと胸を撫《な》で下《お》ろす。「そうだよな」と答えつつ、会わない方がいいと言われることも覚悟していたが、今のところ雪也お決まりの蛇のような邪推はしていないようだ。

心配の種がひとつ減ったので、映はとりあえず間宮と会うことにした。折り返しの電話をするとすぐにでも会いたいと言うので、随分せっかちだなと笑いつつ、数日後の週末に約束を取り付けた。

　実際に会うことが決まってしまえば腹は決まるものだ。少し楽しみな気持ちも湧《わ》いてきて、自分でもふしぎな心地がする。

（考えてみりゃ、本当ひどいことしたよな、俺。二人が実際付き合って瞳が幸せそうに見えたからそれで安心してたけど、本当のところはどうだったのか……深く考えなかったのは明らかに俺が厄介払いしたかったせいだよな）

　瞳は婚約者でもあったが幼馴染《おさななじ》みで、大切な友人でもあった。間宮もそうだ。二人には幸せになって欲しかったし、自分のせいで傷ついたりトラブルに巻き込まれたりして欲しくはなかった。

　自分がちゃっかり雪也という相棒を得て満たされてしまっているのに対して、今間宮の状況はどうなのだろうか。それを知るのが怖いような、待ち遠しいような妙な状態だった。

　約束の日、昼過ぎにインターホンが鳴ると、雪也は「隣にいますね」といつも通りラップトップを持って別室に引っ込んだ。

　玄関前に立っていた久しぶりに会う友人は、それなりに社会に揉《も》まれて逞《たくま》しくなった男の顔をしており、それでいて大学の頃の若々しさも保っていて、その変わらない笑顔に映は自然と破顔した。

「間宮！　久しぶりだな」

「本当にそうだよ。まったくお前は、一体今までどこで何やってたんだ。今日は色々と聞かせてもらうからな」

会話のノリも学生時代のままで、何年も会っていなかったことなどまるで幻のように感じてしまう。もちろん今まで何をしていたか正直に話すつもりはないが、なんだか昔に戻ったようで映は嬉しくなった。

「お前の話も聞きたいよ。今もあれか、内定出てたあの会社で働いてんの」

「そうだよ。まあ、転職考えてないこともないけど……」

簡単にお互いの近況を話しながらアトリエの中に招き入れる。間宮の手土産《てみやげ》をテーブルに並べ紅茶を淹れつつ、さり気なく友人の全身を観察するが、ゆとりのある生活を送っているのは相変わらずのようだ。お坊ちゃま然とした雰囲気も変わっていない。

社会人になってストレスや環境の変化で一気に荒《すさ》んだりガラリと人相が変わってしまう人間もいるが、間宮はその点は問題ないらしい。

昔から常にゆったりとしていて鷹揚《おうよう》で、側《そば》にいる人を安堵《あんど》させる空気を持っていた。顔立ちもいわゆる塩顔で優しく品がある。身長は百八十近くあり意外に体格もがっしりとしているのに、微塵《みじん》も威圧感を感じさせない。その点は雪也と正反対だ。

映は今までのことを適当に誤魔化しつつ説明し、要するに『自分探しの旅』のようなものをしていたと語った。そして結局ここに戻ってきたのだと。

かなりの作り話だが、完全に嘘《うそ》を言っているわけでもない。他の友人知人たちにも大体同じ話をしている。

映は元々少々変わり者として認識されていたし、絵を描くことは知られていたので、これが皆に納得してもらえる『芸術家の気まぐれ』としての理由なのだった。

間宮は映の話を神妙な顔で聞いていたが、やがて静かにため息をついた。

「やっぱ夏川は普通の奴とは違うよな。俺、今の環境全部捨ててどっか行くとか絶対無理。考えたこともないし」

「そりゃ普通はそうだよ。俺は根無し草だっただけ。皆自分探しなんかしなくたって、ちゃんと自分のことはわかってるだろ。俺がわかってない馬鹿《ばか》だったってだけだよ」

「堅実って言い方すればいいのかもしんないけどさ、保守的っていうか、何も変えようとしてないってだけでさ。俺は夏川見てると自分は凡人なんだなぁって思い知らされるよ。昔っからそうだ」

自分を見つめる間宮の眩《まぶ》しそうな眼差《まなざ》しに映は困惑する。自分勝手な理由で逃げ出しただけだというのに、妙に尊敬を込めた目で見られてしまうと消え入りたいほどに恥ずかしい。昔の不釣り合いに輝いていた場所に生きていた頃の、いたたまれない感情が蘇《よみがえ》ってくるような心地がする。

「それで……その、知ってるかどうかわかんないんだけど……瞳ちゃんのこと」

「ああ。うん。聞いた」

ようやく、その話が出た。映は何となく居住まいを正し、間宮の目を見つめる。それをどう思ったのか、間宮は少し顔を赤くして視線を逸《そ》らした。

「ごめん。絶対幸せにするって言ったのにな」

「謝るなよ。そんなの、間宮が悪いわけじゃない。そんなことわかってるよ」

「いや……俺に彼女とやっていくだけの覚悟がなかったってだけなんだ。本当、情けないよ。全部俺のせいなんだ」

それは違う。何もかも自分のせいだ。

そう言いたかったが、すべてを告白することなどできなかった。

(それに……俺は、多分わかってた。そう簡単に結婚までいくわけないってこと。だって大学生の頃なんて、遊びたい盛りだ。瞳は違うけど、間宮は……きっとそこまで考えてたわけじゃなかった)

それでも二人がくっついたと自分を納得させて片付けてしまった。本来ならば自分が責任を持ち共にするべきだった瞳との人生。それを友人に押しつけて自分はやりたい放題やっていたのだから、謝られるべきことなど皆無だし、むしろこちらが平身低頭詫《わ》びなければいけない案件だ。

「なあ、頼むから俺に謝ったり悪いと思ったりしないでくれ。それに、随分昔のことだろ」

「ああ……そうだな。確かに昔だ」

間宮は少し寂しげに微笑む。

「何でだろうな、夏川があの頃と全然変わってないから、妙に気持ちが戻っちまうっていうか……本当にお前と久しぶりに会ったって気がしないんだよな」

「お前、変わってないって言うなって。それよく言われるから気にしてんだよ」

「ははっ、やっぱそうか」

間宮の方はさすがにまったく変わっていないとは言えないが、最初に映が感じたことと同じように思っていてくれたことに驚いた。大学の四年間、最も親しく付き合っていた友人だったので、その友情が変わっていなかったことが嬉しかったのだ。

映はその特殊体質のせいで普通の友情を育《はぐく》むことが難しかった。だから間宮のことも警戒していたし、ずっとある程度の距離は保っていたのも事実だが、それでもこんな風にずっと友人としての情を持ち続けてくれているのに内心感動していた。

「夏川がそう言うならもう謝ったりしないけど……でも、気まずいんだ」

「気まずいって、何がだよ」

「実はさ、俺、今度結婚することになった」

思いがけない報告に、映は一瞬言葉を失う。すぐに喜びの波が押し寄せ、思わず身を乗り出して間宮の膝《ひざ》をバシバシと叩《たた》いた。

「えっ、めでたいことじゃんか。全然気まずくなんかないだろ、おめでとう！」

「ありがとう……だってほら、俺はお前の婚約者だった彼女と付き合ってたわけだし」

「だから昔の話だってば。式はいつなんだ？」

「それが……」

間宮はにわかに表情を曇らせる。その変化に、映はおやと思った。そして一瞬で察する。

間宮は、今日このことを話すためにやってきたのではないか、と。

「日取りは決めてないんだ。いつできるかわからない」

「そうなんだ……何か決められない事情でもあんの」

間宮は頷き、探るように上目遣いで映を見る。

「あの、さ。小耳に挟んだんだけど、夏川って私立探偵やってたんだって？」

「え……」

さすがにぎくりとして、映は一瞬息を呑《の》んだ。

「何それ、どこで聞いたんだよ」

「最初夏川の家に電話したとき、お兄さんが出たんだ。俺のことも覚えててくれてさ。少し話してたら、『探偵稼業なんて妙なのよりやっぱり映は絵を描くべきだよな』って」

（ア……アニキの野郎……）

　すべての災厄は兄から始まる――などと定義づけてしまいたくなるほど、あの男は厄介なことを持ち込んでくる。ただでさえ存在自体が暑苦しいのに、更に面倒事を生み出す機能まで搭載しているとは、何という嬉しくないハイブリッドだろうか。

「悪い。もしかして秘密にしておきたい感じだったか」

「あ、い、いや、そんなことねぇよ。ただ、間宮が知ってたってことにびっくりしちゃってさ。昔の友達には誰にも話してなかったから」

　映の顔色を見て申し訳なさそうな様子になる間宮に笑ってみせる。もちろん心の中では拓也《たくや》をしばき倒している。

「そうなんだ。でも、それ聞いて俺どうしてもお前に会いたくなったんだ。自分じゃどうしたらいいのかわかんないことがあってさ」

「探偵に頼みたいような事件でもあるのか」

「事件……うん、多分事件なんだと思う」

　間宮は歯切れの悪い言い方をする。どうとでも捉《とら》えられるような状況なのだろうか。

「話、聞いてくれるか」

「そりゃ、もちろん。俺なんかでよければ」

「ありがとう。ずっと誰かに相談したいと思ってたんだ」

映は久しぶりに探偵としての昂揚感《こうようかん》を覚えた。何やら手応《てごた》えのありそうな事件が飛び込んでくるような気がする。それはもちろん忙しい今の時期には遠慮したいものではあるはずだが、それでも事件の臭《にお》いを嗅《か》げば心が騒いでしまうものだ。

間宮はやや躊躇《ちゅうちょ》しながらも、おずおずと話し始めた。

「俺の実家、福島の田舎の村だって、前に言ったことあったよな」

「ああ、覚えてるよ。名前は忘れちゃったけど、誰に言っても聞いたことないって言われるとか自虐してたよな」

「そうなんだ。北天村《ほくてんむら》っていうんだけどさ。山間の小さな村で、典型的だけど村中が親戚《しんせき》みたいな感じの閉鎖的なところ。俺、本当は大学も県内のどこかに行けって言われてたんだけど、正直地元に簡単に帰れる学校に通うのが嫌で、それで東京に無理やり出てきたんだ。まあ、簡単って言ったってバス乗り継がなきゃいけないし、本数も少ないし。車持ってたって新幹線の駅から二時間くらいかかっちまうんだけど」

「へえ……そうだったのか」

田舎だ田舎だとは聞いていたが、随分と人里離れた場所にある村のようだ。

これまで引き受けていた依頼は大体が都会であり、遠いところではロシアだが、田舎ではなかった。しかしこの案件はれっきとしたド田舎のようで、何やら因習めいた気配が漂っているではないか。

「まあ、それで田舎って独特なルールとかあったりするだろ。うちの村もそうでさ。村の出身者は村で結婚式を挙げるっていうのがしきたりなんだ」

「それって特別な式なの？」

「いや、今は普通だよ。村中の人呼んで結婚をお披露目するってだけで。昔は違ったみたいだけど」

結婚式は地元で挙げるべきという傾向はそこまで特殊でもないような気がするが、山奥にある村でというと、なかなか大変だ。花嫁か花婿は親戚たちが元々村に住んでいるだろうが、相手の親族が出席するのも一苦労なのではないか。

「それじゃ、間宮も村で結婚式挙げる予定なんだな」

「うん……そのつもりだったんだけどさ。ちょっとそこで気になることがあって」

いよいよ本題に入るらしく、緊張感が漂う。間宮の声のトーンが低くなり、暗いため息と共に言葉を継ぐ。

「実はここ数年、北天村で式を挙げたカップルの花嫁が相次いで事故にあってる。中には亡くなった人もいるんだ」

「え……マジで」

「うん。最初はただの偶然だと思ったんだけど……あんまり立て続けに起きるもんだから改めて調べてみたら、ここ三年ほどで結婚した八組のカップルのうち、花嫁が何らかの事故にあったのは五組。そのうちの二人が亡くなってて……しかも皆式を挙げて一ヵ月もしないうちに災難にあってる」

何やら話が急におどろおどろしくなってきた。

田舎の閉鎖的な村。結婚式のしきたり。花嫁たちに降りかかる災難。

「えっと……その事故っていうのは？　車に轢《ひ》かれたりとかそういうこと？」

「うん、人混《ひとご》みで押されて車道に倒れたりとか、階段から落ちたりとか。事故なんだけど、見ようによっては誰かに突き飛ばされたんじゃないかとか、意図的だったんじゃないかっていう風に、事件にも思えるものばっかりなんだ。亡くなったうちの一人は自殺って扱いになってるけど、遺書はなかったらしいし、悩んでた風でもなかったって。だから、殺されていてもおかしくないのかな、って」

確かに、たった一組や二組程度のことならば間宮の邪推とも思えるが、それが五組も続いたとなるとさすがにおかしい。二人が亡くなったというのは意図的なものかそれとも偶発的なものかはわからないが、どこかから落ちたり車道に倒れたりなどというのは死んでいてもふしぎではない危険な状況だ。もしも誰かの仕業《しわざ》だとしたら、それは殺意を持って行われたことだと考えてよさそうである。

「そんなことが起きてたんじゃ……確かに不安だよな。村で結婚式挙げるの」

「そうなんだよ。こう立て続けじゃ、村でも何か妙な空気が漂っててさ。俺もそうだけど、ただでさえ若者の流出が激しくて過疎化だ高齢化だって状況なのに、これじゃ本当に村が絶えてしまうって雰囲気で……」

「今のままじゃ誰も村で式なんか挙げたくないもんなぁ。他で挙げるのは無理なのか」

「もちろん、それも考えてる。ただ急いで結婚しなきゃいけないわけじゃないし、この件が解明されてからでもいいかなって。それに、長年続いてきた形式を変えるのって、田舎ほど難しいだろ。だから他で式を挙げるとも言い出せてないし……」

「そっか……それはそうだよな……」

　ただでさえ日本は保守的な国といえるし、田舎に行けば行くほどその傾向は強くなる。間宮は大学以降は東京で過ごしてきた人間だが、そういう村で生まれ育っていれば、やはり村の慣習から逃れられないのも仕方がないだろう。

「っていうか、そういうのってさ、警察は動いてねぇの？」

「うん、全然。だって村で式は挙げても皆別々の場所で事故にあってるし……そりゃ村の人間は村で式挙げた人たちだってわかってるけど、そんなこと自ら警察に訴えないよ」

「まあ……色々と面倒なことになるもんな」

　村人たちは何かがおかしいと思っていても、きっと何もしないのだろう。黙ってこの奇妙な嵐《あらし》が過ぎ去るのを待っているに違いない。

「それで、俺に……探偵に調べて欲しいってことなんだな」

「ああ、そう。もしできたらって話だけど……夏川、個展の準備で忙しそうだし、それに少し話を聞いてもらいたかったたってだけなんだ。だから、引き受けられなくても全然構わないよ」

正直、作業は順調過ぎるほど上手《うま》くいっているので余裕はある。たとえば一ヵ月くらいの調査ならば今のところ問題はない。ただ、進行状況はよくても佳境に入っていることは確かなので、この流れを中断したくない気持ちもある。それに、聞いただけでもかなり厄介な事件なのではないかという予感がヒシヒシとする。映のそういう勘は悲しいかな当たってしまうのである。

(でも……俺は間宮に借りがある。そりゃ本人は知らないだろうけど、俺にとってはかなりの負い目だ)

家を出ている間も、間宮と瞳の件はずっと気になっていた。映が捨ててきたものの中のひとつではあったが、何も知らない友人を騙して罠《わな》にはめてしまったようで、罪悪感が消えたことはない。

これは禊《みそぎ》のチャンスなのかもしれない。そう思うと、映は間宮の頼みを断ることはできなかった。

＊＊＊

「へえ。それで引き受けることにしたわけですか」

「相談もしないで悪かったよ。もちろん、今回の件は俺一人で……」

「だめに決まっているでしょう。もちろん俺も一緒に行きますよ。その北天村とやらに」

ですよね、と頷くしかない。

雪也にこのことを報告すれば機嫌が悪くなるとわかっていたが、報告しなければもっと恐ろしい展開が待ち受けている。

「しかし難しそうな依頼ですね。過去に起きた事故だか事件だかわからないものを調査していくわけですから」

「うん、それもあるけど、被害にあった花嫁たち皆が北天村で式を挙げてる。つまり夫婦の片方が北天村出身者。今のところ共通点はそこだけだ。だからまずは村を調べて、その式の内容だとか、事情を知っている人間がいないかを探っていくのがいいと思う」

「それでその間宮という人は友人である映さんを選んだわけですね。村のことをあまりよく知らない人間に調べさせたくないから」

「ああ……多分そういう事情もあったかもな。あいつが俺が私立探偵やってるって知ったの、偶然だったみたいだから」

もしも拓也が間宮にバラさなければどうなっていたのだろうか。映が探偵だと知らずとも、相談くらいはされただろうか。

（結婚の話は……してくれたよな、多分。瞳のことがあるし……この歳《とし》になりゃ結婚してるかしてないかくらいは久しぶりに会ったら普通に話題に出ることだし）

ただ、さすがに連続している事故のことは明かしたかどうか。酒の席であればぽろっと出てきたかもしれないが、久しぶりに会っていきなりそんな深刻な話にはならないだろう。

「それで、映さんの昔の婚約者と別れた理由などはわかったんですか」

「いや、はっきりとは聞いてない。自分が悪かったって言ってたから、あいつの方が振ったんだろうとは思うけど」

「あんなに気にしてたのに、聞かなかったんですか」

雪也は少し呆《あき》れたように肩を竦《すく》める。

「随分気にかけていたじゃないですか。自分のせいで相手の人生を変えてしまったかもしれない、って」

「それは、そうなんだけど……。でも、実際俺が間宮に押しつけた形なわけだし、そんな根掘り葉掘り聞けねぇよ。まるで責めてるみたいじゃん。俺、そんなことできる立場じゃねぇのに」

「要するに……映さんは彼をかなり信頼していたんですよね」

　なぜかじっとりと陰湿な視線を寄越してくる雪也に戸惑う。

「それは、そうだけど……何で？」

「だってもし彼女がひどいことをされていたらと疑ったらしっかり聞くと思いますよ。そこを曖昧《あいまい》にできるってことは、彼なら真っ当な理由があったんだろう、ひどい別れ方はしなかっただろうって考えたからでしょう？」

「うん……。そういう奴だったから、彼女を任せようと思ったんだ。絶対に人を傷つけない奴だったから」

　間宮は本当に優しい男だった。レディファーストも完璧《かんぺき》だったし、同性の友人に対してもさり気ない気遣いを普通にできる細やかな性格だった。空気を読むのが上手いというのか、無意識に読んでしまうのか、とにかく誰もが間宮といると心地がいいと言った。

　映などはあまり気を遣い過ぎて疲れてしまうのではないかと心配するくらいだったが、間宮にとってはそれが普通のことらしい。だから嫌味に見えないし誰からも好かれていた。要するに、人望のある男だったのだ。

「俺なんかといるより間宮といた方がよっぽど彼女は幸せになれると思ったし、実際俺が知る限り本当に幸せそうだった。だから……」

「でも、結局別れてしまったわけでしょう」

「まあ……男女のことだからなぁ……いくら瞳がいい子で、間宮が人格者だって、お互いしっくり来なくなることだってあるんじゃねぇの」

「そこははっきりと聞いておいた方がよかったんじゃないかと思うんですけどね……」

妙にこだわる雪也に首を傾《かし》げる。一体何が気になっているのか。

どうせろくなことではないだろうとスルーすることにして、映は話題を変える。

「雪也って大学時代の友達はアニキ以外と会ったりするの」

「まあ、そうですね。そんなに頻繁ではないですけど。夏川の方がもしかしたらそういう機会は多いんじゃないですか」

「え、アニキが？　そうなの？」

あまり拓也の交友関係を知らない映は思わず怪訝《けげん》な反応を返してしまう。何しろ、雪也のようなまるで違うタイプの友人がいたことに驚愕《きょうがく》したくらいだ。意外と顔が広いというか、様々な人種と付き合える懐《ふところ》の深さがあるのだろうか。

「夏川は何でもそうですけど、誘われれば全然断らないんですよ。興味ないことは最初から見ないというか、覚えられない性格でしょ？　なので、細かいところは最初から気にしないんです。人の集まる場所は好きなんで、適当にどこにでも出向くんですよ」

「あー……そのせいで以前ひどい目にもあったよな」

「ええ、そういうことです」

以前拓也の隠し子疑惑で結構な騒動になったことがあった。結局その原因は興味のない女性を覚えられないという拓也独特の習性のせいだったのだが。

「俺は相手を選びますが夏川は選ばない。そういうの俺にはできないことなんで、結構尊敬しているんですけどね」

「いや、アニキを見習ったりするのはやめといた方がいいと思うぞ……」

その傾向が何かに役立っているところを見たことがない。雪也ならばビジネスの関係で顔を広くしたいと思うのだろうが、拓也はまったくの考えなしだ。ついてくるのは厄介事だけである。

「映さんは、ようやく居所がわかったせいで今頻繁にお友達から連絡が来ているみたいですね」

「物珍しいだけだろ。大して親しくない奴も結構混じってるし」

「だけど会いたいと言われれば会っているんじゃないですか。そういうところ、兄弟なんだなと思いますけど」

「いやいや、俺だって選んでるよ。会うほどの仲じゃない奴になんか会わねぇし。アニキと一緒にすんなって」

それに、雪也が言うほど多くの人間には会っていない。大体、こちらもそれほど暇じゃないのだ。近くに来たから寄ったと言われてしまえば顔は見せるが理由をつけて短時間で切り上げ、恩のある人物、人脈的に会っておいた方がいい知人など、きちんと会う相手は選別している。間宮のように昔の思い出話などに花を咲かせ、長々と顔を突き合わせて会話をすることなどほとんどない。

「中には、友達以上の関係の人もいるんじゃないですか」

「は……?」

「昔はさぞかし入れ食い状態だったんでしょうし、あなたを忘れられない美少年だっているでしょう」

「いやいや、いたとしてももう少年じゃねぇし心配しないでいいよ。大体が成長して俺よりごつくて男らしくなっちまってるし。全然そんな気にもなんねぇよ」

思わず馬鹿正直に答えてしまう。大体近くに番犬がいるというのに、よからぬ目的で昔の友人と会えるわけがない。変に誤魔化すよりも本心を伝えた方がいい。

しかし雪也は率直な映の返答に眉《まゆ》をひそめる。

「何でそんなこと知ってるんですか。やっぱり会ったんじゃないですか」

「別にやらしい理由じゃないって……中には付き合っといた方がいい相手もいるじゃん。後々人脈で使えそうな奴とかさ。俺の行ってた学校、やっぱ親がそれなりに金持ちの奴ばっかだったもん」

至極真面目《まじめ》に答えているつもりだが、雪也は不満げだ。

「映さんがそうやって計画的に手玉に取っているつもりでも、あなたは肝心なところで抜けていますからまたトラブルになったりするんですよ」

「トラブルになんかなんねぇ……とはさすがに言えねぇけど、ちょっと会っただけでそこまで心配しなくても」

「昔の美少年が逞しく育っていれば、当時と大して変わらないあなたに対してまた違う感情を抱きますよ。そしたら万が一だってあり得る。いや絶対あるでしょう。あなたのトラブル体質とフェロモン体質だと」

「あー、もう！　何だよ、それじゃ俺に昔の知り合いと会うなって言うわけ？」

　相変わらずネチネチと責めてくる雪也にうんざりする。今までも今日は誰と会うんですか、どういう関係なんですかと聞かれてはいたが、毎度こうではたまらない。

「元の環境に戻るっていうのはこういうことなの！　今まで周りには音信不通になって第二の人生生きてるつもりだったけど、こうして実家とも繋がって少しずつ交友関係も復活してる以上、色んなしがらみができてくるのは避けられねぇんだよ」

「そんなの、わかってますよ」

　雪也はもどかしげに映を抱き締める。

「知ってます……あなたは有名人だった。戻ってくれば多くの人があなたと連絡を取りたがるし、繋がろうとするでしょう。俺はあなたにまた絵を描いて欲しかったし、何も捨てたりして欲しくなかった。それまでの経験は紛れもなくあなたを形作るものなんだから。でも……やっぱり不安なんです。まだ俺があなたを知らなかった頃の人間関係を矢継ぎ早に見せられるのは。俺の知らないあなたが存在すると思い知らされるのは」

「……相変わらずだなぁ、雪也……」

ひとつ間違えばすぐにでも監禁されてしまいそうなこの空気。雪也の気持ちもわからないではないが、どんなに心が通じ合っていても、結局この男の心配性や猛烈な嫉妬心《しっとしん》や独占欲というものは変わらないのだろうなと観念する。

そして、いつまで経ってもこんな風に猛烈に欲しがられるというのは、息が詰まるような閉塞感《へいそくかん》を覚える反面、映にとってはひどく満たされることでもあるのだ。

本当の自分を見せれば、捨てられる。依存すれば、逃げられる。

今までのその法則が、雪也にはまったく当てはまらない。それどころか、映の依存や執着を遥《はる》かに超える勢いで迫ってくる。

だからこんな風にめちゃくちゃ面倒なことを訴えられても、映は嬉しいと感じてしまう。

「安心しろよ。昔の奴らなんかに目移りしないって」

「でも、よくあるじゃないですか。同窓会で恋心が再燃して、とか」

「そりゃ、満たされてない場合だろ。俺は違うもん」

チュッと軽くキスをすれば、グワッと食いつかれるような接吻《せっぷん》が返ってくる。強く抱き締められ、深いため息が首筋にかかる。

「そうですよね……。そんな気も起こらないくらい、毎日あなたを満たしてあげればいいんですよね」

「まあ、集中してるときはちょっと勘弁して欲しいけどな。今は一区切りついてるからいいけど」

言い終わらないうちに抱き上げられ、お姫様抱っこの状態で布団に連行される。

のしかかられると、分厚い体の重みが心地いい。雪也の体臭を深く嗅ぐだけで、体の奥に火が灯《とも》る。雪也は映の着物を脱がせながら首筋に顔を埋めて深呼吸している。

「はぁ……。あなたに久しぶりに会った人たちは皆驚いたでしょうね……」

「何だ、それ……どういう意味」

映の顔をじっと見つめ、盛んに唇を落としながら雪也は笑う。

「よく言われてるでしょう。全然変わってないと」

「ああ……そういうこと。そうだな、皆言うな」

「でもあなたは以前よりも確実に強烈なフェロモンを発しているはずなんです。顔が変わらないと言っても、皆、確実にあなたの変化を感じたでしょうね」

「そんなこと……」

「そりゃ言いませんよ、口には出せないでしょう。普通は男に色気がすごくなったなんて思わないはずですしね、同性なら尚更《なおさら》」

「……確実に雪也のせいだろ。ずっと抱かれてんだからそうなるの仕方ないじゃん」

恨みを込めて唇に食らいつく。少なくとも自称タチ専門だった自分が、雪也に毎晩マウントを取られ続けた結果、美少年にすらネコ扱いされるほどの空気を滲《にじ》ませるようになってしまった。

「川越さんに化け物扱いされるほどのフェロモンになっちまったの、絶対あんたのせいなんだから……責任取ってよ」

「取りますよ。地獄の果てまで。絶対に手放しません」

「……俺たち、地獄行き確定なのか」

さほど悪事はしてこなかったつもりだが、雪也と二人で天国行きというのもまたちょっと違和感がある。とりあえず、自分の行き先がどこでも、絶対についてきそうな相棒がいるので遠い先のことも不安はないのだが。

映の肌を執拗《しつよう》に愛撫《あいぶ》しながら、雪也は次第に熱を上げていく。

「昔のあなたに会ってみたかった。高校生、大学生……どんな映さんだったんでしょうね」

「別に、中身はそんな変わんねぇよ。でも外面《そとづら》はよかったし優等生装《よそお》ってたからなぁ……弟と暴れてた雪也とは正反対だったと思うぜ」

「今日の彼は、あなたの中身を知っていたんですか」

「そりゃ……全部じゃねぇけど、多少はな」

家を出て何も装うことなくありのままに生きてきた日々と比べれば、何重にも仮面をかぶっていたはずだ。それでも、間宮の人柄のよさには感心していたし、いい友人だと思っていた。本音で話したこともあった。何もかもが偽りだったわけではない。

「あんたはどうなの。悪かった頃」

「俺ですか。本能のままに生きてましたね」

だろうな、と思わず笑ってしまう。

「いいんじゃゃね。俺みたいに隠してばっかの人間よりはさ」

「でも、何もかもさらけ出せばいいってもんでもないですよ。力が暴走して、暴れずにいられない時期だった。まあ、あの頃があるから、今、多少は落ち着いていられます。必要じゃなかった過去なんて、きっとないんですよ」

「そうかな……俺には、よくわかんないわ」

その過去に嫉妬しているくせに、よく言う。内心悪態をつきながら、かつての生活に思いを馳せる。

高校時代はそれこそ擬態して生きていたようなものだったが、大学はまだ少しマシだった。毎日同じ教室に行き毎日同じクラスメイトたちと過ごすわけではない。そこには自由があったし、選択肢も多かった。

映はあえて仲のいい友人を作ろうとはしなかった。サークルなどに入るつもりもなかった。それでも、映の周りには自然と人が集まってきてしまう。その中で気に入った誰かがいれば、それもやぶさかではないと思っていたが、間宮は本当にいつの間にか一緒にいるようになっていた。

ただゼミが同じだっただけで、特に共通点も同じ趣味があるわけでもない。何となく一緒にいて居心地のいい人間というのはこういう奴なんだと初めて知ったのが間宮だった。そう感じていたのはもちろん映だけではなく、間宮は多くの人間に慕われていたと思う。

映がぼんやりと昔を思い出している間に、雪也の口に包まれ、下腹部に生温《なまぬる》い快感がじわりと滲む。

「ん……、は……ぁ」

「仲がいいだけで……こういうことは、しなかったんですか」

「してねぇよ、馬鹿……してたら婚約者託してねぇだろ……」

それもそうですね、と笑いながら雪也は丹念に映を舐《な》める。双丘を揉みながら会陰をなぞり、ローションに濡《ぬ》れた指を後ろに潜り込ませる。

映を知り尽くした雪也の愛撫は的確で、あっという間に追い詰められてしまう。雪也と関係を持ってから美少年のために使われることのなくなったペニスは、ただ雪也になぶられ遊ばれるだけの器官と化している。

「はぁ……あ、う……、そ、そんな……されたら、出る……」

「だめですよ、まだ。我慢してください」

「な、なんで……、あう、あ」

雪也は根本をぎゅっと指で括《くく》り、映の射精を妨げる。それなのに口の動きも後ろをいじる指も止まらない。

特に中が弱い映は、前立腺《ぜんりつせん》を揉まれるとすぐに軽くオーガズムに達してしまうほどの快感を覚えてしまう。男を抱くのが映が初めてなくせに、雪也はほんの数年で瞬《また》く間に同性を後ろでイかせる術《すべ》をマスターしてしまった。映が人一倍感じやすいといっても、こんな器用な男は見たことがない。

敏感な先端を喉《のど》の奥で絞られながら、中のしこりを執拗に揉みほぐされる。全身が総毛立ち、火照《ほて》った肌が汗ばむ。今すぐに出したいのに出せない。後ろだけならば射精しなくても達することができるが、前も刺激されているとどうしても出したくなってしまい、それが叶《かな》わないと体が混乱して空イキもできなくなる。

「も……、出したい……、指、離して……」

「まだだめです。もっと味わいたい」

「ただ意地悪してるだけだろっ……」

雪也が焦らす理由はわかっている。誰かに嫉妬しているときはいつもそうだ。映を我慢させ身悶《みもだ》えさせて楽しんでいる。

「意地《じ》悪なんかじゃないですよ。俺は映さんのこの可愛《かわい》いのに奉仕するのが好きなんです。素直に反応するのがたまらないんですよ」

「か、可愛いって言うくらいなら、辛《つら》い思いさせんな！」

「好きな子はちょっと焦らしたくなっちゃうんですよ……わかるでしょ？」

わかんねぇよ何言ってんだ、などと反抗するとますますひどくされるかもしれないのでぐっと言葉を呑み込む。堰《せ》き止《と》められている感覚にほとんど泣きそうな声で喘《あえ》ぎながら、映は雪也の髪をぐしゃぐしゃに掻《か》き回《まわ》す。

（出したい。イきたい。出せねぇならいっそしゃぶるのやめて突っ込んでくれ！）

そう叫びそうになる寸前で、まるで映の念が通じたかのように雪也は口を離す。

「すみません……あなたより先に俺が出てしまいそうです……」

「え……？　マジで？　まだ何も……」

「ちょっと興奮し過ぎました……舐めてるだけでイきそうになるだなんて、映さんに似てきたんですかね」

少しバツが悪そうに微笑して、のしかかってくる。確かに映は雪也にフェラチオをしているとそれだけで興奮して達してしまったりするが、まさかの雪也がそうなるとは、と思わず目を丸くした。

「しゃぶるのそんな好きになっちまったの……？　雪也ヤバいじゃん……」

「誤解しないでくださいよ。今まで何度も言ってますけど、これは映さん限定ですから」

「そうかなぁ……そのうち、もっとデカイの舐めたく……」

それ以上言わせまいとするように唇に食いつかれ、そのまま間髪《かんぱつ》入れずに脚を持ち上げて挿入される。突然の衝撃に一瞬意識が飛び、あっという間に腹に精液が散った。

「っ……あ、んた……いきなり過ぎ……」

「映さんがおかしなことを言おうとするからですよ」

焦らされた果ての突然の射精に目の前がチカチカする。荒々しく揺すぶられて必死にしがみつきながら、獣のように口にかぶりつかれて何が何だかわからなくなる。

「は、あ、ぅあ、最初っから、激し……あ、あぁ」

「すみません、余裕なくて……何か、やけに出したい気分で」

「何だそれ……あんた、意外と情緒不安定だよ、な……、はぁ、あ、ふあっ」

こと映に関しては雪也には安心の二文字はないらしい。映もそういうところがないわけではないが、雪也はいつも衝動的にそのときの感情をセックスでぶちまける。

映が雪也に不安を与えないようにしようとしても無駄だ。普通に生活しているだけでこの相棒は火のないところにも煙を立てるし、映の過去の行状がそれなりなだけに、どれだけ言い訳してもなかなか説得力がない。

「はぁ、はぁ……ああ、今日も映さんの中は貪欲《どんよく》です……これじゃ、我慢なんて全然できそうにない……」

「あんた、だって貪欲、だろ……いつも、ガツガツして……元気過ぎ……」

「俺も元々そうですけど、映さんもそうさせてるんですよ……だから、お互い様です、余裕がないのは」

雪也の熱量がほとばしり、映の中のものを更に硬く反り返らせる。最奥まで執拗《しつよう》にぐぽぐぽと嵐のように埋め込まれ、映は快感に溺《おぼ》れ、汗みずくになってただ仰《あお》のいて喘ぐ。

言葉通り余裕もなく荒い呼吸で強く打ちつけ、雪也にしてはあまりに早く達する気配がある。絶頂前の獰猛《どうもう》な動きに映は気を失いそうになった。

「くっ……、映、さん……っ」

「あっ、……は、ぁ……」

奥に大量に注がれて、映は震えながら腹を濡らす。雪也は萎《な》えることもなくゆるゆると動きながら、うっとりと映の口を吸う。

「はあ……あなたを焦らすつもりが……自分が焦らされて爆発してしまったみたいですね

……」

「いつだって、爆発してんじゃん……一度に何回もさ……」

ほぼ毎日何度も映にぶちまけてくるその精力には恐れ入るばかりだ。雪也ほど性欲の強い人間を映は他に知らない。いつでもどこでもどんな精神状態でも変わらず挑みかかってくるというのはある意味、メンタルが安定している証拠なのだろうか。男は繊細な生き物なのでその気にならないときも当然あるはずなのだが、雪也に限ってはそういった日が見当たらない。

「ところで……今回の依頼人、映さんの友達ってどこの出身でしたっけ」

「福島だよ……何で」

「いや、名物は何だったかなと思って。確か初めて行くので」

「はあ……？　遊びに行くんじゃねぇんだからな」

いかにも面倒そうだしかなりヤバめな依頼だというのに、いまいち緊張感がない。確かに映はずっと作業で籠《こ》もっていて雪也と一緒に出かけるのは久しぶりのことで、解放感があるのかもしれない。映には色々と複雑な感情があるのでそんなものは微塵も感じないのだが。

（間宮の結婚……今度こそきちんと応援してやりたい……）

歪《ゆが》んだ魂胆から婚約者を譲った過去があるからこそ、間宮には幸せになって欲しかった。もちろん、瞳にも。自分が今、満たされているからこそ、過去に関《かか》わった人々にも幸福を手に入れて欲しい。今回の依頼は探偵としての興味よりも、やはり間宮に感じる個人的な感情の方が強い。

（雪也もこないだそんなようなこと言ってたけど、俺もそうだな。贖罪《しょくざい》っつうか……この忙しい時期に、間宮からじゃなかったら受けなかったかもしれねぇ厄介そうな依頼だし）

不穏な予感はビンビンにあるが、引き受けないわけにはいかない。間宮のために、そして自分のために。

ふいに、前触れもなく乱暴に動かれて思わず声を上げる。

「何か余計なこと考えてません？」

「最初に余計な話振ってきたの、あんただろうが！」

「俺といるときに他の男のことは考えたらだめですよ」

勝手なことを言って映に深い口づけをしながら、絶倫男は盛んに動き始める。

一体この仕事中に何度理不尽な嫉妬を受けなければいけないのか。想像するのも面倒臭くなり、映は相棒にしがみついて快感に身を任せた。

北天村《ほくてんむら》

映《あきら》と雪也《ゆきや》が間宮《まみや》に連れられて彼の故郷、北天村へとやってきたのは依頼を受けてから一週間後のことだった。

「本当はすぐにでもって思ってたんだけど、なかなか仕事の切り上げが難しくてさ。有休はかなり溜《た》まってたからまとめて取ろうと思うと、やっぱり片付けなきゃならないことが多かったし」

「何か悪いな。無理やり仕事休ませたみたいで」

「何言ってるんだよ！　俺が頼んだことなんだから、夏川《なつかわ》たちだけこんな田舎《いなか》に向かわせるなんてできないよ。俺がいるといないとじゃ、やりやすさも全然違うと思うし」

見るからにド田舎な北天村を一望しながら、そうだろうなあ、と映はしみじみと思う。

最寄りのバス停が高台にあり、そこから眺める村の景色はいかにも閉鎖的な……という か、未《いま》だにこんな場所に人々が暮らしているのか、と思うような山間の小さな集落だ。五月の清々《すがすが》しい新緑に彩られた山に囲まれた家々が、まるでおとぎ話のようなファンタジーめいたものに見える。

もちろん家の造りは茅葺《かやぶ》き屋根などではなく現代的な外観だが、ここに来るまでに新幹線を降りてからバスを乗り継ぎ、本数も少ないので県内に降り立ってからゆうに二時間以上かかった。これは世間から隔絶されているといってもいい程度の距離ではなかろうか。

最初に間宮が「家から迎えの車を寄越してもらう」と言っていたのだが、実際普通に行けばどのくらいの時間がかかるのかを知りたかった映はそれを辞退した。だが正直、あまりの面倒臭さに途中で後悔したりしたものだ。

「あの……あそこってネットとか使える？」

「さすがに使えるよ！　電話も通じるしテレビも見られる。ド田舎だけど時代まで違うわけじゃないからね」

「そうだよな、ごめんごめん」

あまりの田舎ぶりに恐れをなして思わず失礼なことを言ってしまう。「まあ、心配するのもわかるけどね」と間宮は苦笑しつつ歩き出す。

「年寄り以外は皆ちゃんと標準語も使えるしわかるよ。すごいじいちゃんばあちゃんは俺でも聞き取れないときあるけど」

「そういえば間宮、訛《なま》り全然ないもんな」

「間宮さんは、大学から東京にいらしたんですか」

映の分の荷物も軽々と持つ雪也がふいに口を挟む。

道中、どうしても映と間宮の会話が多くなり、どちらかが雪也に水を向けない限り、雪也本人が会話に参加してくることはほとんどなかった。間宮が気を遣ってしょっちゅう雪也に話しかけていたので疎外している感覚はなかったが、相棒が映の周りの男すべてに無差別に嫉妬《しっと》する気性であることを知っている映は内心気が気でない。

「はい、僕は大学からなんです。正直、ここから脱出したくてわざわざ東京の大学を選んだようなものなので……」

「へえ、そうだったんですか。環境を変えたかった？」

「まあ……そうですね。田舎者あるあるの普通の理由ですよ。東京に憧《あこが》れてたし、もっと広い世界に出たかったたって感じです」

間宮は若干照れながら説明している。

映は雪也との関係を仕事の相棒と説明しており、仕事仲間であり友人だと言っていた。雪也にとって探偵業のサポートは副業であるとも明かしている。もちろん、名前は如月《きさらぎ》雪也だ。映が雪也と呼んでいるので本名では不自然になってしまう。

村での調査にあたっては、最初から探偵だと明かすとひどく警戒されるだろうということで、普通に大学時代の友人を連れてきたと説明し、民俗学をやっていて村の文化に興味があったからという理由にしようと打ち合わせをしてある。

　ただ雪也がやはり同級生というには年上に見えるのは仕方がないので、大学のＯＢということにして、同じく北天村に滞在してみたいという動機にする予定だ。

「本当に何もないところですけど、嫌な言い方をすれば皆外部の人間に対して外面《そとづら》はいいですよ。『この村に興味があって来た』と言えば排他的な態度は取りません」

「婚約者の人ってここに連れてきたことあんのか？」

「いや、まだなんだ。親にも何も言ってない。言えばすぐに式の話になるだろうし……今こんな状態なのに、変に式の準備が進んじゃうのも怖いだろ」

「だけど、村の人たちも、おかしいということは気がついているんですよね？　こんなに立て続けに村で式を挙げた人たちが不幸な目にあうだなんて」

「それは、そうなんですけど……」

　間宮は村へ下る舗装の粗い道を進みながら、ため息をつく。

「やっぱり保守的なんです、こういう場所にいる人たちっていうのは。臭いものにはフタというか……本当にとんでもないことになるまで見ないふりをしていたいんですよね。正直、禁句になってます、その話は。話せば直視せざるを得ませんから。自分たちで原因を探るなんてとんでもないって感じで」

「でも、たとえば間宮さんのご両親だって、もしも自分たちの息子夫婦が後々ひどい目にあったらと考えないわけじゃないでしょう。そしたら、慣例通り村で式を挙げるというのは……」

「いえ、それはわかりません」

　複雑な表情で間宮は頭を振る。

「親といっても、僕の両親はどちらも生まれも育ちもここですから。考え方というものはそんなすぐに変えられるものじゃないんじゃないですか」

「まあ、確かにそうですが……」

「両親との仲ってどうなってんの？　間宮ってしょっちゅうここに帰ってきてんのか」

「仲は悪くないけど、頻繁に帰れるような距離じゃないしな。学生時代からせいぜい年二回だよ。盆と正月。上の姉ちゃんは婿養子の旦那《だんな》さんと子どもとで親と同居してるし、下の姉ちゃんも比較的近いところに嫁いでて時々孫連れてくるみたいだし、そんなに寂しくないと思うから、いいかなって」

「上の姉ちゃん、何で旦那は婿養子なの。間宮がいるのに」

「うーん、うち女系でさ。性別にかかわらず最初の子が家を継ぐことになってんだ。俺が男だったのもわりと珍しいんだって。父さんも婿養子だし。あ、ちなみに父さんの実家も女系で母さんの方と同じだったみたい。だから婿養子も平気でどうぞどうぞって感じだったらしい。そういう家だから、いちばん下で男の俺はお気楽な身分だよ」

　間宮の口ぶりには、親と仲は悪くないと言いつつも多少の距離感を覚える。昔から何か違和感があったからこそ、ここを出て東京に行きたいと思ったのだろうか。

（でも女系は納得だな……女の扱いが自然と身についてるっていうか。ナチュラルにレディファーストだもんな。女に囲まれて育ってこそ、この性格なんだろうな）

民家が見え始めると、農作業をしていた村人たちが間宮に気づきちらほらと手を振ったり声をかけたりしてくる。誰でも目が合えばスルーするということはなく、村中が親戚《しんせき》のようなものというのは本当らしい。

そして同時に見慣れぬ客人である映と雪也も視界に入るはずだが、事前に間宮が連絡していたのだろう、誰も怪訝《けげん》な目で見てくることはなかった。

「俺たちが来ること、皆知っているみたいですね」

雪也も同じように感じたらしく、小声で映に囁《ささや》く。ここでは誰かに何か知られれば瞬《また》く間に村人全員に伝わるのだろうということが初っ端《しょぱな》からよく理解できた。

間宮は北天村を歩きながら色々と村の説明をしてくれる。人口は今は多分六百もなく、当然のように少子高齢化が進んでいること。豪雪地帯で冬は景色が真っ白になる、高冷地で米も育たないし農業は盛んでない。蕎麦《そば》は一応名物として栽培されているが、後は自給自足のための畑くらい。小さなスーパーのようなものが数軒あること、山に囲まれているためやはり木工業、林業が多いことなど。

「こんな小さいとこだけど、温泉もあるんだ。だから意外にも観光業が北天村のメイン。

山奥の秘湯とか好きな人に地味に支持されてるんだよ。温泉が出てきたのは戦後だから歴史があるわけじゃないんだけど」

「ああ、なるほど……そういう雰囲気あるよな、わかる。メジャーな温泉地じゃなくて隠し湯的なの好きな人いるよな」

「一応日本の滝百選に選ばれてる結構大きい平条《へいじょう》の滝《たき》っていうのがあって、あとまあこれはよくある話だけど、ここには平家の落人《おちうど》伝説もあるんだ」

「へえ……確かにここに落ち延びたらひっそり暮らしていけそうだよな」

「まあ、そういう伝承も観光業に一役買ってる感じかな。だから時々学者みたいな人も来ることあるよ」

　平家の落人伝説は確かに日本各地に存在している。本当かどうかはわからないが、この村はいかにもそういった戦に敗れた武士が隠遁《いんとん》しそうな場所ではある。

「間宮さんのところも観光業ですか」

「はい。一応、村ではいちばん大きい旅館をやってますよ。うち無駄に敷地が広いんで、自宅の隣に宿を作ったんです。建て増しを繰り返して、何だか大きくなっちゃって。夏川と如月さんにはその旅館にお泊まりいただこうと思ってます」

「え、いいのか」

　てっきり滞在中は間宮の家のどこかを間借りするものと思っていたが、旅館の方の部屋とは少し贅沢《ぜいたく》ではないか。

「全然大丈夫。今はそんなにお客さんの多いシーズンじゃないし、うちの方だとお互いに気も遣うだろ」

「それはそうだけど、旅館に泊まらせてもらうならきちんと宿代は払うよ。や、家にお世話になっても払うつもりだったけど」

「だめだめ、何度も言うけど面倒なこと頼んでるのは俺なんだから。こういうとこは遠慮しないでくれよ、夏川。もちろん依頼した分、料金も払う。調べる間にかかる経費は全部俺が持つよ」

そう言って間宮が連れていってくれた自宅の敷地内にあるという旅館は、この小さな村にしてはなかなか立派なものだった。新館と旧館に分かれていて、二人は新館の方に泊まるようだ。落ち着いた清潔なロビーの大きな窓からは日本庭園が見え、大浴場に向かう浴衣姿の客何人かとすれ違う。二人は最上階の四階の角部屋に案内され、落ち着いた純和風の部屋にとりあえず荷物を置くと、まず間宮の家族に挨拶《あいさつ》するために旅館を出た。

宿のすぐ隣にある間宮の家族が住んでいる家は、広大な日本家屋である。ざっと村の風景を見てきた映には、間宮が村でも一二を争う富裕な家で育ったのだと想像がついた。恐らく村の顔役も代々担っているに違いない。

「母さん、帰ったよ」

開きっ放しの引き戸から中を覗《のぞ》き込《こ》み、間宮が奥に声をかける。するとすぐにパタパタとスリッパの音がして、小柄な中年女性が現れた。

「あらあら、おかえり」

「父さんたちは？」

「丁度出ちゃってるんだよ。タイミング悪かったねぇ、今は私だけ。まあ、そちらが電話で話してた同級生の？」

「うん、そうだよ」

間宮の母親は愛想のいい笑みを浮かべ、まあまあと繰り返しながらぺこりと頭を下げる――雪也の方に。

「随分立派な方ねえ、あんたと同級生だなんて信じられない！」

「へ？　あ、母さん、そうじゃなくて……」

「こちらの方は後輩さん？　まぁまぁめんこいことぉ。まだ在学中なのかしら。民俗学を専攻してらっしゃるのね」

息子の話を聞かず、すでに自分の中で雪也が同級生、映は後輩と決まってしまっているらしい。

あまり目立たないようにと普段の和装でなく歩きやすいカジュアルなシャツにデニムという出《い》で立《た》ちだったので、他人が見れば大学生くらいにしか思われないのは当然の映である。

慌てる間宮の後ろで二人で顔を見合わせる。お互いに（面倒なのでこのままでもいいのでは）という表情だ。何より、こういう具合に勘違いされることに慣れている。

「はい、夏川といいます。先輩にはお世話になっております、よろしくお願いいたします」

しれっと頭を下げる映に間宮がギョッとしているのがわかる。

「私は如月といいます。本当にいいところですね。間宮くんには素晴らしい村に招待してもらって、感謝しています」

「いいえぇ、何もないところでお恥ずかしいですけど、どうぞゆっくりしていってくださいねぇ」

母親の勘違いのままに自己紹介を済ませてしまう二人に唖然《あぜん》としている間宮だったが、「どうぞお茶でも」と母が誘うのを聞いてハッと我に返る。

「これから村を案内するから。また後で来るよ」

「なんだべぇ、そんなに急がなくたっていいじゃない。色々お話聞きたかったのに」

「だって二人はこの村のことに興味があって来てるんだから。まずオタキ様のところ行ってくるよ」

名残惜しそうな顔をしている間宮の母親に二人は頭を下げ、ものの数分で間宮家を退出する。

「ごめん、母さんお喋《しゃべ》りだから、一回家に入ったらそれで一日終わっちゃうと思って」

「ああ、そうなんだ。すごく親切そうなお母様だったな」

「……っていうか！　何で普通に話合わせてんの！　別にあんな芝居する必要なかったのに！」

間宮は混乱した顔で映たちを交互に見つめる。

「別に違うって言ったっていいんだよ？　後で俺が訂正しておくからさ」

「いや、いいよ。俺が若く見られるのいつものことだしさ」

「そういう問題じゃないだろ！」

「すみません、仕事柄身分を偽って活動することもあるので、つい……」

自分たちにとっては自然な流れで設定を作ってしまったが、一般的な感覚では相当奇妙な行動をしてしまったのだろうと、間宮の動揺ぶりを見て自覚する。そもそもが探偵が事件を探りに来たことを隠してここにいるので、更に偽りを並べようと特に違いはないように思ってしまっていた。

「まあ、夏川たちがいいならいいけど……途中でバレるかもしれないからな。面倒なことになっても知らないぞ。それは覚えておいてくれよ」

「うん、大丈夫。そこまで長くお世話になるつもりもないからさ」

二人があまりにあっけらかんとしているので諦《あきら》めたのか、間宮はそれ以上文句は言わなくなる。元々映が変わり者として見られていたので、まともな理論が通じないと思われたのかもしれない。

「ところでさ、オタキ様って何?」

「あ、そうか、ごめん。神社のことだよ」

「神社? この村の神社がオタキ様って呼ばれてるのか」

「うん。正式には愛守神社《あいもりじんじゃ》って名前なんだけど、地元ではオタキ様だね。何でかはわかんないけど……ほら、結婚式、村のしきたりがあるって言ったけど、それに関係してくる場所なんだ」

そう言われると俄然《がぜん》興味が湧《わ》いてくる。「ちょっと階段上るよ」と説明された『オタキ様』は山中にある神社で、年寄りにはなかなかキツかろうと思われる傾斜の石段を延々と上ったところにあった。

典型的な稲荷《いなり》信仰の神社らしく、立派な狐《きつね》の石像が二体、赤い布を胸元に下げ、訪れる参拝者を出迎えている。

「結構境内が広いんだな」

「ここはだいぶ古いって聞いてる。時代はえっと……享保だっけな。三百年くらい前。どこかに説明してる案内板があったよ。それで結婚式は、いつからかはわからないけど、昔はあそこにあるお社《やしろ》で式の前日に新婦は一晩過ごしたんだって」

間宮の指差す方には立派な本殿とは別の小さな社があった。

「今じゃただお参りして供え物をするだけの習慣になったらしい」

「一応、時代に合わせて簡略化されてるってことか」

「うん、多分そうなんじゃないかな」

三人は本殿に賽銭《さいせん》を投げ、鈴を鳴らしてお参りする。山深く背の高い立派な杉の木に囲まれた境内にはあまり日が射《さ》さない。初夏の今でも少し寒気がするほどの涼風を感じる。豪雪地帯というのだから冬はさぞかし冷えるだろう。

「ここは夫婦円満や子宝など結婚に縁起がいいって言われてて、この神社への参拝を目的に村に来るカップルもいるくらいなんだ」

「へえ……そうなんだ。まあ、パワースポットとか言ってやたら神社巡りなんかも流行《はや》ったりしてるもんな」

「うん、ここは結構昔からそういう評判があったらしい……、あれ？」

ふと、映たちの後から石段を上ってきた人物を認めて、間宮が声を上げる。

「父さん、来てたんだ」

「ああ。母さんに連絡したら、大地《だいち》たちがオタキ様に向かったと聞いてな。近くにいたんで、少し足を延ばしたんだ」

間宮の父親は恰幅《かっぷく》がよく朗々とした声が特徴的な快活な壮年男性である。間宮の背が高いのはこの父親の方の遺伝だろう。涼しげな目元など、外見は母親よりも類似するところがある。ただ柔和な雰囲気を持った息子とは違い、その表情にはどこか大木のような頑強な意志の強さが感じられる。

映たちは母親にしたのと同じように挨拶をした。「大地の父の武郎《たけろう》です」と握手を返される。握った手は分厚く温かい。このいかにも田舎の権力者といった中年男の方が間宮よりもよほどこの土地に詳しいであろうと、徐々に探りを入れ始める。

「この神社は結構古いんですね」

「ああ、そうですねぇ。まあ村自体も古いんでね。合併の話なんかもありましたけど、うちはずっと北天村のまんまです……ここに興味がおありだそうで？」

「はい、僕ら東京育ちなもので、こういうところの歴史はすごく魅力的なんです」

「あれでしょう、大地から結婚式のことを聞いて来たんでしょう」

少しいたずらっぽい表情で単刀直入に問われ、映は思わずぎくりとして間宮を見た。父の言葉に間宮も驚いた様子で目を丸くしている。

「そりゃ、まあ話したけど……何だよ、急に」

「こんな田舎に若い人たちが興味だけでやってくるなんて、多少変わったことでもないとな。ここ数年のあれのことだろう。お前、今まで東京の友達なんか連れてこなかったじゃないか」

「うん……あの、でも誰にでも話してるわけじゃないよ。この二人だけだ、本当に」

隠しても無駄だと悟り、素直に認めると、武郎は特に気分を害した様子もないがやや沈痛な面持《おもも》ちになる。

「さすがに、不吉なことが立て続けに起きると私も色々と考えざるを得ない。ここは縁起のよい場所だったはずなのになぁ」

「あの……なぜこんなことが起きていると思われますか」

映たちの目的がわかっているのなら、もう遠回しに聞く必要もない。村のことに首を突っ込まれて不愉快になるというタイプでもなさそうだ。

武郎は映の質問に腕組みをして頭を振る。

「さっぱりですな。まぁ、村の年寄りたちはオタキ様が怒っているると思っているらしいですが……」

「オタキ様が怒る……？　一体どうしてです」

「始まりがね、この村の出身でない者たちがここで式を挙げてからなんですよ」

意外なきっかけに、映たちは顔を見合わせた。

「普通はこの村で式を挙げるのは新郎新婦のどちらかが村出身者の場合です。でも、そのときは違っていました。彼らを仲介したのはここの人間でしたが、その人たちはまったく北天村に縁もゆかりもないといった具合で……」

「え、一体どうしてそんなことが？　この神社がそういう意味で縁起がいいからわざわざここを選んだということですか」

「ああ……佐知《さち》のことか」

間宮は突然思い出したといった調子でぽんと手を叩《たた》いた。

「そうか、あれが始まりだったんだ。気づかなかった」

「明らかだっただろうが。あれは当初から反対されていたことなんだ。それを、あの娘が強引に……」

間宮はぽかんとしている映たちに気づき、ごめんごめん、と説明をし始める。

「えーと、舞田《まいた》佐知って子がいるんだ。もちろん村の出身。俺の三つくらい上かな。彼女が自分の友達のカップルをこの村で結婚させたんだ。確か三年前」

「その佐知さんはどうしてわざわざ友達をここで？」

「何でも両方の親に反対されて駆け落ち同然で二人とも家を出たんだって。親なんかどうでもいいから勝手に結婚しちゃおうって。それで、それならこの村は近隣でも有名な縁起のいいところだから、ここで式を挙げたらいいって提案したらしい」

それは何とも友人思いだが、閉鎖的な村の気質をわかっている地元の人間にしては随分と大胆、というか無謀な行動だ。東京生まれの映でも、周囲の芳《かんば》しからぬ反応は想像がつく。

「そういうことって今までもあったのか？」

「ないない、初めての珍事ですよ。ここの村の結婚式は、必ずどちらかが村出身で、すべての家の代表が必ず祝いに駆けつけた。村の者の門出を皆で祝うものだったんです。それなのに村出身でない者同士がどうしてここで挙げる必要があるんですか」

武郎は憤懣《ふんまん》やるかたない表情で愚痴をこぼす。

「あの佐知という娘は昔から少し変わり者ということで有名でしたが、まさかあんなことをしでかすだなんて。ここの宮司もね、断ればいいものをカップルのどちらかが裕福だったと見えて金を積まれて式を挙げてしまいました。あれがこの悲劇の始まりですよ」

「それでここの神社の、オタキ様が怒ってしまったと……？」

「今のところ、そういうことしか考えられません。他に原因が見当たらないんですよ。私も、ずっと考えてはいるんですが」

武郎はその舞田佐知という村の女性がしでかしたことでオタキ様が怒ってしまったと確信しているようだ。先程は年寄りたちがそう考えていると言っていたが、恐らく、武郎だけでなく村の者たち――間宮のような数少ない若者はどうだかわからないが、多くの村人がそう考えているのだろう。つまり『神の祟《たた》り』が実際に起きたと真面目《まじめ》に信じているのだ。

＊＊＊

「どうって、オタキ様のことですか」

「で……どう思う？」

「あー、何か初っ端から村っぽいとこ見せちゃったな……何だか恥ずかしいよ」

愛守神社に行った後、映と雪也は旅館に戻った。ひと風呂《ふろ》浴びた後再び間宮と合流し、部屋に三人分の夕食のお膳《ぜん》を運んでもらい、料理をつつきながら話をまとめている。

山菜をふんだんに使った濃いめの味つけの郷土料理がなかなか美味《うま》い。観光に来たわけではないが、やはり食事が好みだと歩きまわった後はかなり満たされる。

「オタキ様って人に祟ったりする系なのか？」

「いや、そういうのはよくわからない……怖がられてる神様とかじゃないよ。本当に普通の神社だし。まあ子どもの頃悪いことするとオタキ様に怒られるよ、なんて言われたりはしたけど」

「よそ者には厳しいということなんでしょうか。地元の人たちの信仰の場所ですから、そこで外部の人間の式を行ったことが許されなかったということとは」

「よそ者に厳しいのは神様じゃなくてここの人間です。皆がそう思うから神様も同じだと考えているだけで……俺は別に、佐知がそこまで悪いことをしたなんて思ってないです」

間宮は少し怒ったような顔をして岩魚《いわな》を頬張《ほおば》る。

そう、佐知——舞田佐知。その女性のことがどうも気になって仕方がない。村の人間は皆親戚のようなものだと言っていたが、武郎の態度を見ていると、どうも彼女はその範《はん》疇《ちゅう》から外れているのではないかと思われる。

「間宮、佐知って人のことはよく知ってるのか」

「まあ……歳《とし》も比較的近いし、この小さな村だからね。皆お互いのことはよく知ってるって言っていいと思う」

「武郎さんは変わり者だと言ってましたね」

「変わり者っていうか……俺はそうは思わないんだけど、色々言われてたのは知ってる。でも、何か悪さしたとかそういうことじゃないんだ」

間宮は佐知に好意的だ。批判的な武郎との差はどういうわけなのだろう。

「明日、会いに行ってみるか？」

「え……佐知さん、この村にいるのか」

「いるよ。明日は土曜だし、そもそも佐知はどこにも行ってない。勤務先は町の方で出張とかもするんだろうけど、住んでる場所は多分ずっとここだと思う」

それならば会いに行かない手はない。映は間宮に約束を取り付けてもらい、とりあえず明日佐知から話を聞いてみることにした。

朝食後にまた会う約束をして、間宮は自宅に帰っていった。お膳を片付け布団を敷かれると、一気に眠気が襲ってくる。歯を磨いていつでも寝られる準備をすると、体が崩れ落ちるようにダルくなった。

「何だかんだ移動も長かったたし、疲れたな……」

「久しぶりにこんな距離動きましたもんね。映さんは特にずっと引きこもりでしたから」

さすがに今夜一戦交える元気はない。色気も何もなくバタンと布団に横たわるとすぐに瞼《まぶた》が重くなる。

「映さん……寝ちゃうんですか」

上から覆いかぶさって熱い腕で抱き締めてくる雪也。優しく髪を撫《な》でられ、その体温と体臭に安堵《あんど》すればますます眠気は強くなる。

「雪也、疲れてねぇの……」

「まあ、そこそこ疲れてますが、寝落ちするほどではないですよ。映さんの方が俺より若いのに情けないですね」

「体力おばけと一緒にすんな。俺、もう限界……」

雪也の胸元に頬《ほお》を擦り寄せ、そのまま意識は途絶えた。頭上で小さく笑う声が聞こえたのがその夜の最後の記憶である。

＊＊＊

夢も見ずに目が覚めると、寝たときのままの体勢で雪也に腕枕《うでまくら》をさせていた。痺《しび》れただろうとそっと頭を外し、昨日のことをつらつらと寝ぼけた頭で考えてみる。

（そもそも……その佐知って子が結婚式をこの村で挙げさせたカップルが最初だったのか。ということは、その後の四組が被害にあってる……共通点はカップルのどっちかが村出身者だってことだったはずだけど、そうなると最初のカップルはそこから外れることになるんだな）

よそ者に村で結婚式を挙げさせたことにオタキ様が激怒したならば、そのよそ者の被害だけで終わるはずではないのか。なぜ、その後式を挙げた村に縁のある花嫁たちまでひどい目にあわなければならないのか。そこが引っかかる。

（まあ、本当に神様の仕業だってんなら、神様に人間の道理を当てはめるのも無茶な話だけどな。でも、そのオタキ様がどうこうってのは、まず考えられねぇしな……）

これまでの依頼でもオカルトめいた仕掛けはあったが、結局は人間がそう偽装していただけだった。もちろん、ついこの前映の身の上に起きた怪奇現象はどうとも説明できないが、そのことは極力無視したい。

「ん……、映さん……？」

腕にかかる重みがなくなったことに気づいたのか、雪也がすぐに目を覚ます。まだ起きるには少し早いので、映は雪也の腕の中に再び収まって目を閉じる。雪也は定位置に映の体温を感じて安堵したのか、再び寝息を立て始める。

（そういえば……オタキ様は夫婦円満、子宝、結婚に縁起がいいと言われてるっていうの、何でなんだろうな。近隣でも評判ってことはご利益があるんだろうけど）

縁結びによいと言われている神社はいくつか聞いたことがあるが、結婚に関してのみピンポイントで縁起がよいとされるものは映にはあまり馴染《なじ》みがなかった。山間の人口の少ない村では、やはり子孫繁栄が最も価値あるものなのだろうからそういう謳《うた》い文句《もんく》になったのかもしれない。

微睡《まどろ》みつつそんなことを考え再び眠りに落ち、アラームの音で起こされる。今日は昼頃に舞田佐知と会うことになっているので、ゆっくり朝食をとった後、部屋で間宮の訪れを待った。

窓から外の山々を眺めながら、部屋に備え付けてあったコーヒーを飲みつつ雪也が気のない声で呟《つぶや》く。

「佐知さんてどんな人なんでしょうね」

「変わり者って、どういう変わり者なんだろうな。勤めには出てるみたいだし……まあ結婚式の話を聞いてると村人っぽくはないって感じなんじゃねぇの」

「間宮さんは悪く思っていないようでしたね。まあ、村の保守的な年寄りにとっては突飛なことをするのが怖いと思えたのかもしれません」

やがて部屋のベルが鳴り、間宮の訪れを知らせる。ドアを開けると、そこにもう一人見知らぬ誰かが立っているのに少し驚いた。

「えっと……この方は？」

「あ、ごめん。何かさっきロビーにいてさ。俺たちが出向くって言ってたのに、自分から来たみたいで」

ということは、彼女は舞田佐知本人のようだ。突然の目的の人物の出現に面食らいつつ、部屋の中に招き入れる。

「ごめんなさい。あなた方がうちに来たら、他の人に何か言われるかもしれないと思って」

鈴を転がすような可憐《かれん》な声である。

それに加えて、外見を売りにする女性たちを見慣れている映ですらハッとしてしまうような容貌《ようぼう》の持ち主だ。抜けるように白い肌、濡《ぬ》れたような艶《つや》の長い黒髪。測って造られたような目鼻立ちに憂いのある仄《ほの》かな色香。涼しげな目元が印象的な和風美人で、少し顔の雰囲気は間宮に似ている。村に多い顔立ちなのかもしれない。

変わり者と言われて想像していた姿とはあまりにかけ離れた美貌《びぼう》に、二人は思わず毒気を抜かれたような心地になる。

間宮と佐知に茶を出し向き合って座ると、早速間宮が結婚式のことを口にする。

「昨日も言ったけど、夏川は俺の大学の同級生でさ。ここ数年で起きてる変なことを話して、そしたらこの村に興味持ってくれて」

「それ、本当？」

佐知は表情を少しも変えずに、何もかも見通すような透き通った目をして映を見る。

「うん。二人とも民俗学に興味があるんだ。オタキ様とか、いかにもそれっぽいじゃん」

「外の人にとっては、そうかもね。まあ、祟りだ何だってそんなこと言ってるのは年寄り連中ばっかりだけど……」

感情の見えない声で呟く佐知。

「あたしの話が聞きたいっていうのは、それじゃ結婚式のことだよね」

「うん、そういうこと。俺もちょっと周りに聞いただけだから、どうせこの村に本人いるし、佐知からの方がいいと思って」

「確かに他の人からじゃいつの間にか別の話になってたりするものね。まあ、あたしは本当に友達に式を挙げて欲しかったってだけなんだけど」

「それは、ご友人二人がここで挙げさせて欲しいと言ったんですか。それとも佐知さんが勧めたんですか」

映が訊《たず》ねると、佐知はじっと映を見つめた後、視線を下に落とす。

「あたしです。何だか、こんなことになるきっかけみたいになっちゃって、複雑だけど」

「どうしてわざわざこの村で？」

「あの子たち、そもそも式は挙げない予定だったんです」

佐知は一口お茶を含むと、淡々と話し始める。

「二人ともあたしの大学の同級生でした。いちばん仲がよくて、一緒になるつもりだって聞いたときも嬉《うれ》しかった。だけど、お互いの両親に反対されて……夏の休暇でうちに遊びに来たとき、このまま駆け落ちするつもりだって言うんです。東京にでも行って二人で暮らすって。一からの生活で余裕もないし式は挙げないって。だったら、この村は結婚で縁起のいい神社があるから、このまま挙げちゃいなよって勧めたんです。お金なら、あたしも少しは融通できるからって」

「周囲に何か言われるとは思わなかったんですか」

「別に、式くらいならいいと思ったんです。二人で神社で神様にお祝いしてもらうだけだし。誰もお客さんは来ないし、誰にも迷惑だってかけないし……このまま東京行っちゃうっていうなら、ここでちょっと式挙げてから行ったっていいじゃないですか」

それに、と佐知はため息交じりに喋り続ける。

「周りに何か言われるのを気にしていたら、ここでは何もできません。あたし、正直そういうのもう慣れちゃってるし、結婚は二人のことだから他人に何も言われる筋合いないし。まあ、式挙げたらすぐに東京に行く人たちだから、責められるのはあたしだけ。それでいいと思いました。この村のいつまでも古い慣習にしがみついてるとこ、本当に嫌いです」

「それでも、あなたはここを出ていかないんですね」

雪也がそう問うと、佐知はふしぎそうに首を傾《かし》げる。

「どういうことですか。出ていかないって」

「間宮さんはここを出たくて東京の大学に進んだと言っていました。村に嫌気が差した若者ならばそうするでしょう。現にこちらは少子高齢化が進んでいるようです。でも、聞いた話だとあなたはここを離れたことがないと」

「ええ。あたし、ここが嫌いです。だから残ってやるんです。絶対他の土地へ行ったりしない」

思いがけない答えに映は息を呑《の》む。変わり者、と呼ばれている佐知の気性の一端が見えたような気がして、思わずこの類《たぐ》い稀《まれ》な美人をまじまじと観察してしまう。

「嫌いだから残ると……何のためにですか」

「村の人たちがあたしを嫌いだからですよ。皆、あたしに出ていって欲しいと思ってる。

だから出ていかないんです」

「佐知……」

間宮は困惑した表情で佐知を見ている。佐知はその眼差《まなざ》しを特に気にすることもなく映と雪也を交互に見やる。その目には怒りも悲しみも何もない。ただ事実を述べたという冷静な表情があるだけだ。

「他に、何か聞きたいことってありますか」

「いえ……今日のところは」

「また何かあれば大地づてで聞いてください。あたし、聞かれればちゃんと答えますから。じゃあ、そろそろ」

世間話や他の個人的な話もすることはなく、佐知は義務的に結婚式の話をしただけでさっさと立ち上がった。

佐知が部屋を出ていった後、何とも言えない空気が漂う。確かに変わり者だ。相手に自分がどう思われようと構わないという意思を徹頭徹尾感じた。

雪也は細く息を吐いて、少し苦笑いしている。

「何だかすごいな。嫌われてるからこそ出ていかないって」

「あいつ……ちょっと変わりました。昔からあんなだったかな……」

間宮も驚いている様子だ。佐知に何か変化があったのだろうか。

「性格が変わったのか?」

「うん……あそこまで突《つ》っ慳貪《けんどん》っていうか、硬くなかったと思ったんだけど……わからない。元からああだったのかもしれないし」

「そんなに親しいわけじゃなかったのか」

「ここに住んでたときはまあまあ話してたよ。ただ、東京に出てからは滅多に帰ってこなくなったから、そこまで頻繁に連絡取ってるわけじゃなかった」

「彼女は本当に皆に嫌われてるのか?」

映の問いに考え込む。

「わからない……いじめられてたのは、知ってる。でも、あの通りの美人だし、やっかみでそうなってたんだと思ってた」

「皆が嫌うって、そんなわけないよな。彼女の思い込みなんじゃないのか」

「うん……別に佐知の家が村八分にされてるって話でもないし……少なくとも俺はあいつのこと嫌ったりしてないし。あんな風に言う理由がちょっとわからない」

「でも、さっきうちに来れば何か言われるかもって理由で自らここまで来てくれたんだよな。ってことは、家自体があまりよく思われてないのか」

間宮は弱り切った顔で首を横に振る。本当にわからないらしい。

一人に伝えればあっという間に情報が広まってしまうようなこの村の空気で、村人の一員である間宮が佐知の嫌われている理由を知らないということなどないだろう。誰にでも好かれていて優しい間宮にだけ隠されている事実があるとも思えない。

　けれど、誰にでも盲点はある。見えていない部分がないとも言い切れないだろう。

「それにしても、ちょっと諦めた感じというか、悟ったような顔をするのが気になりましたね、佐知さん」

「俺も思った。あれはさ……何度も傷ついてきた人の特徴っていうか。無表情の鎧《よろい》が完成してる感じだよな」

　いちいち悲しんだりショックを受けたりしていては心が保《も》たない。そういうとき、人は感情を放棄する。無感動になり、無表情になることで痛みから自分を守ろうとする。佐知にはそういうところが見受けられた。

「まあ、今はとりあえず佐知さん自身の話は置いておいて……。彼女の友人が最初の被害者だってことだったけど、もしかして亡くなってるのか」

「うん、そうなんだ。女性が橋から川に落ちて溺《おぼ》れた。泳げなかったらしい」

「それを皮切りに、次々と……ってことか」

「よそ者に結婚式を挙げさせたことがそんなに重大な過失だったとは、やっぱりよそ者の俺たちにはわかりませんけどね」

　佐知は祟りを否定していたが、やはり自分の勧めのせいで友人が死んだと思い、あのような状態になってしまったのだろうか。

（彼女は心を閉ざしてる。表面上は普通にしてても、俺も同じような状況だったからわかる……自分の本心を見えないようにしてるんだ。何かを隠してる）

隠しているのは佐知だけではない。村人たちは映たちに優しく接してくれるが、『よそ者』に明かしてくれる情報は少ないだろう。

「橋から落ちたっていうのは、事故でも自殺でも他殺でも成立するよな……」

「目撃者がいないし他に争ったような傷もないから、警察としては事故として片付けたらしい」

「でも不意打ちなら争った形跡も残りませんよね。結婚したばかりで自殺するような動機も想像できませんし」

「それなら皆そうだ。自殺の線は亡くなった二人にはないと思う。ってことは事故か他殺かって話だけど……生き残ってる他の三人の人たちは誰かに突き飛ばされたとかそういう証言はしてないのか」

「俺は全員から直接聞いたわけじゃないからわからない。数人は人混《ひとご》みの中で押されて、とかそういう感じらしいし、それが故意なのか偶然なのかは本人にも判別がつかないよ。一瞬のことだしさ」

確かに誰かに危害を加えられたという証拠を示すのはその状況では難しいかもしれな

い。やはり被害にあった花嫁たちそれぞれの調査をする前に、まず元凶と見られる北天村の結婚式を調べた方がいいような気がする。

　その式で何が起き、それからどうして花嫁たちが不幸に見舞われることになったのか。今のところ被害者たちの唯一の共通点が結婚式なので、そこを探るのが先決だ。

「とりあえず佐知さんの話は聞けたし……基本的な村のことをもう少し知りたいな」

「じゃあ、今日ももう少し案内するよ。あとちょっとで昼食だし、下のレストランで食べていくか？」

　間宮がそう提案したとき、雪也の携帯が鳴った。「すみません」と断って部屋の外に出ると、しばらくして申し訳なさそうな顔で戻ってくる。

「俺は少し仕事でやることができたので、後で合流します。昼食はお二人でとってくださいますか」

「ああ、うん。わかった」

　雪也は常に端末を持ち歩いているのでネットが使えればどこででも仕事ができる。自称隠居の身なのでさほど忙しくはないが、時々こうしてすぐに動くことが要求されるのだ。

　二人で部屋を出ると、なぜか間宮は感心した様子で雪也を褒める。

「如月さんって、仕事できそうな人だな」

「え……そう思う？」

「うん。何か隙《すき》がない感じ。修羅場《しゅらば》をくぐり抜けてきたって雰囲気ある」

「何だよそれ。何者だよ」

とはいえ、間宮の勘は当たっているのだろう。肉弾戦的な意味で。

二人は館内の和食レストランに行き、名物の蕎麦を頼んだ。当然スタッフは間宮の顔を知っているので色々とサービスしてくれる。にこやかに対応している間宮を、さすが旅館のお坊ちゃんだなあなどと映は懐かしさを感じながら眺めた。

昔から間宮はその一挙手一投足に品位を感じる人間だった。自分も一応ボンボンと呼ばれるような環境で育ちながらえらい違いだと思ったものだ。

角のテーブルで食事をとりつつ何気ない会話を交わしていると、ふいに間宮がくすぐったそうに笑う。

「何だよ、何か面白いの」

「いや、夢みたいだなあと思ってさ。今こうしてるのが」

確かに、映自身ふしぎな心地がする。少し前までは、昔の友人に会うことなど考えられなかった。それがこうして相手の地元にまで出向き、向かい合って蕎麦を食べている。もちろんそれは探偵としての仕事でもあるのだが、他でもない間宮の頼みだからこの時期に引き受けたのだ。

「そうだな……なんか、現実味ないよな」

「文字通り、夏川は蒸発したって感じだったし。また会えて本当に嬉しいんだ」

「ずっと音信不通で悪かったよ」

「責めてるわけじゃないよ。大学卒業して途切れた関係なんてたくさんあるし。でも……夏川とそうなるとは思ってなかった」

　間宮の言葉が重い。確かに最も仲のいい友人だった。けれど、最も会いたくない相手でもあった。

（いちばん逃げたかった相手だ。瞳《ひとみ》も、間宮も……。自分の勝手な都合でやったことを直視したくなかった）

　婚約者を押しつけた負い目。二人の友人を騙《だま》した良心の呵責《かしゃく》。自分はどこまでもクズだと思い知らされる。

　もちろん間宮はそんな映の内心など知る由もない。言葉通り、映と再会できたことを喜んでいる。その純朴さがチクチクと映の罪悪感を刺激する。

「何か二人でこうして昼食べてるとさ、学食思い出さないか」

「そうだな。間宮、ずっとカレー食ってたよな。温玉載っけたやつ」

「だってあの学食、カレーがいちばん美味くなかったか？　他が何となく味も量も微妙でさ。気づくと大体カレーだったなぁ」

「瞳は意外にもラーメンだったな。俺はわりと日替わり定食とか頼んでた気がする」

懐かしい大学時代の話の流れで瞳の名前を出すと、ふっと間宮の表情が曇る。

少しまずい、と感じたものの、二人でいるときよりもやはり三人でいるときの方が多かったのだ。瞳を出さない方が不自然に思えた。

「瞳ちゃんには……本当に悪いことしたよ」

「何だよ、改めて。お前が謝ることじゃないって」

「違うんだ」

流れを断ち切るように首を振る。映は意味がわからず、ただ目を瞠《みは》った。

「……違うんだ」

「な……何、いきなり。違わないって。悪いのは俺の方で」

「俺、瞳ちゃんのことは好きだった。いい子だし、一緒にいると優しい気持ちになれた。でも……違うんだ。恋愛感情じゃ、なかった」

途端に、覚えのある警戒音が鳴り響く。

（あ……まずいわ、これ）

そう直感するが、ここで脱兎《だっと》のごとく逃げ出すわけにもいかない。張り詰めた空気の硬い感触がビンビンに伝わってくる。何よりも間宮の表情があれだ。最高にあれである。すでに確信になっているが、もうここまで来てはどうにもならない。

「俺が本当に好きなのは、彼女じゃなかったんだ」

「へ……それじゃ、誰……」

「わかるだろ」

真《ま》っ直《す》ぐに見つめられて、嫌な予感はマックスに急上昇し、爆発した。

映は知っていたのかもしれない。昔から数え切れないほどにそういうことはあった。だから普通の男友達などできなかった。

だが、間宮は違うと思っていた。そう思いたがっていた。

（あーあ……。結局、そういうことだったか。そうなっちまうのか）

つくづく、自分の人生が嫌になる。そういう星の下に生まれてしまったのだから仕方がないし、別に熱烈に普通の友達が欲しいとも思っていないが、一人くらいそういう友人ができてもいいではないか。

しかし、神様は映に対してそんな普通の人生は用意してくれていなかった。映には男友達は一人もおらず、昔から女友達が多い。傍《はた》から見ればかなりモテているような状況だったかもしれない。

けれど、実際そういうことではなかった。映が男と関《かか》わると必ず何かが起きてしまう。だからそういう風になりたくない場合、女とばかり一緒にいた。川越《かわごえ》は映のフェロモンは完全に男性特化だと言っていたようだが、それはまさしく当たっている。手当たり次第という言葉が当てはまるほど、映は意図せず周りの同性の心を射止めてしまっていた。

（そういえば、そうかなーと思うことだって結構あったんだよな、間宮も……。でも、俺が見ないようにしてたのかな。瞳が間宮のこと好きになってたから、この機会を逃したくなくて……）

　飲み会で酔っ払って頬にキスされたこともあった。抱きつかれもした。普段からスキンシップが多く、それは他の友人たちにはあまりやっていない行動だった。抑え切れない感情の発露だと他の男相手ならば即座にわかるはずが、映はそれを自分で揉《も》み消《け》した。

（いや、そうじゃねぇな。わかってたんだ。見ないふりはしてたけど、しっかり理解してた。俺は、間宮の気持ちを利用して、瞳と付き合ってくれるような流れに持っていったんだ……）

　間宮が自分と一緒にいたいということを知っていたからこそ、自分に嫌われたくないということをわかっていたからこそ、映は瞳を預ける存在だと認識したのだ。この友人ならば、必ず映の望む方向へ行ってくれるだろうと確信していたから。

　そんな間宮が、映と連絡が取れない状況になれば、瞳からも遠ざかっていくことは、あるいは自然な成り行きだったのかもしれない。映はそこまで読み切れてはいなかったが、それでも、間宮の気持ちを利用したことに違いはなかった。

　自分がこの友人に対して抱いている罪悪感の正体は、本当はそこにあったのだろう。

「すみません、遅くなってしまって」

雪也の声にハッと我に返る。

視線を上げると、間宮は苦笑いして映を見つめ返した。

「え、もう大丈夫なのか」

「ええ。少し確認の電話をかけていただけですから。お二人は何を召し上がっているんですか」

自分は一体どのくらい沈黙していたのだろう。かなり長い時間考え込んでしまった気がしていたが、目の前の蕎麦はまだ湯気を立てているし伸びてもいない。恐らく、ほんの数秒のことだったに違いない。

それから間宮は映たちを色々と連れまわしてくれたが、正直その後のことは記憶がおぼろげだ。重要な情報がなかったこともあるが、どうしても自分の中で整理がつかず隙あらば色々なことを考えていた。もちろん会話はしていたが、心ここにあらずという状態で、少なくとも雪也は気づいていただろう。

「随分と複雑な感じの雰囲気でしたね」

夕方になって宿の部屋に戻ると、早速チクリと雪也が指摘してくる。来るだろうなとは思っていたが、やはり予想を裏切らない男だ。

「雪也、どっから見てたの」

「そうですね……瞳さんの話になった辺りからですかね」

「結構ずっと見てたな。相変わらず……」

何も後ろめたいことはしていないので構わないのだが、ただでさえ嫉妬の鬼である雪也があんな話を聞いてしまえば、どうなるかはわかっている。

「俺の予想通りでした。あなた相手にそういう感情抜きで側《そば》にいられる男なんかいませんし」

「……そうじゃなければいいって思ってたけど……やっぱだめだったんだな。何で今更そんなこと言うのか、スゲー考えちまった」

「そりゃ……あなたと何かしらの関係になりたいからでしょう」

しかし雪也の意見には違和感があった。間宮には、すでに結婚を決めた相手がいるのだ。それがあるからこそ、今の北天村の不気味な状況をどうにかして欲しいと映に依頼してきたのである。

「結婚しようと思ってる相手がいるのに、昔ちょっとそういう気持ちになったからってそんなこと求めるか？　普通」

「そんな男は大勢いますよ。結婚が決まったからと却《かえ》って安心して浮気したりするのなんて、珍しくもないでしょう」

「間宮は……そういう奴《やつ》じゃないと思うんだけどな……」

「あなたのその印象はまったく当てになりませんね。実際、彼はあなたが好きだった。だから婚約者のことも引き受けたんでしょう。あなたと繋《つな》がっていたかったから。しかし、あなたは押しつけるだけ押しつけて煙のように消えてしまった。そうなったら、いずれ別れることは自然な流れだったんでしょうね」

雪也の見立てはきっと間違ってはいない。映も同じように考えたからだ。

「今更映さんのノンケ殺しは珍しくもないです。彼の結婚は前から決まっていたのかもしれませんが、思わぬタイミングであなたの活動再開の一報を聞いた。それで昔の恋心が一気に蘇《よみがえ》ったとしても、何もふしぎじゃありませんよ」

「本当のところはあいつ本人にしかわかんねぇけど……そうじゃないことを願ってる。ただ、隠し立てしていたのが嫌になって打ち明けようとしただけかもしんねぇし」

むしろそうであることを願いたかった。映も、今回の依頼は罪滅ぼしと思って引き受けた部分が大きい。だから間宮も、久しぶりに再会できた自分に、過去のことを打ち明けてすっきりと前を向きたかったんだろうと。

雪也は映の思考を読み尽くしたように、はぁ〜と盛大なため息をついてみせる。

「あなたは探偵をやっているくせに、自分自身のこととなると本当に読みが甘いですね。だから俺は最初に言ったじゃないですか。あなたの元婚約者と別れた理由、ちゃんと聞いておくべきだったと」

「だけど、あの時点じゃ間宮だって本当のことは言わないだろ」

「それはそうかもしれませんね。あなたが依頼を受けてくれなくなるかもしれませんし。彼としてはあなたに依頼を受けてもらいたい理由の半分以上は、やっぱり感情的な部分だと思いますけどね」

「そうだったとしても……俺は受けたよ。雪也だってわかるだろ。俺の気持ちは」

暗に相棒の過去の贖罪《しょくざい》のために長年やってきた活動を示唆すると、雪也は何とも言えない顔をして、映の体を引き寄せた。

「あなたの罪と俺の罪は比べ物になりません。第一、あなたの場合はお互い様じゃないですか。あなたは腹に一物あったが、相手にだってあったんです。ここは相殺《そうさい》で帳消しになるところでしょう」

「帳消し……そうなのかな……」

「そうですよ」

雪也は肘《ひじ》掛《か》け椅子《いす》に腰を下ろし、そのまま向かい合わせに映を膝《ひざ》の上に座らせる。

「でなければ、あなたたち二人の罪でしょう。雁首《がんくび》揃《そろ》えて瞳さんに謝りに行くんですね。彼女としてはこれほど屈辱的な謝罪もないでしょうけど」

「意地悪な雪也」

「ええ、俺はいつでもガキみたいに嫉妬してますから。閉じ込めたいのを社会的自制心で我慢してるんです。意地悪なことくらい言わせてくださいよ」

無茶苦茶な理論で正当化され閉口する。とはいえ、雪也の言うことは恐らく間違っていないのだ。もしも本当に間宮が映への下心で瞳と付き合ったのだとしたら、彼女は完全に利用されたことになる。婚約者にも、恋人にも。

（だとしても、やっぱりいちばん悪いのは俺だ。俺は内心間宮の気持ちに気づいてたけど、間宮は俺の企《たくら》みなんか知らなかったはずだ。あいつもいいように使ったんだ、俺は……瞳も間宮を好きになるように仕向けて……二人の心をもてあそんだんだ）

ずっと悩んでいたので頭が痛い。雪也から執拗《しつよう》な口づけを受けながら、サマーニットをたくし上げ肌をまさぐられる。

「いっそ俺たちがこうしているところを見せつけますか。そうすれば淡い恋心も消えるかもしれません」

「何か前に他でそれやってだめだった気がするぞ……余計に燃え上がらせたような……」

「ああ……そういえばそうでしたね。それに噂《うわさ》が広がれば村からも速攻で追い出されるかもしれません。ここまで来て何も解決しないままに出ていくのはさすがに虚《むな》しいですからねぇ」

そう言いながら雪也は愛撫《あいぶ》の手を止めようとしない。映にニットをたくし上げたのを持ってくださいと言い、自分は剝《む》き出《だ》しにされた乳首を延々と吸っている。そのまま映のパンツの前を開け半ば勃《た》ち上《あ》がったものをゆるゆると刺激する。

対面座位のような体勢で固定され、もし今ここで突然誰かが入ってこようものなら、何の言い訳も立たないなどと想像する。

「雪也……最近吸ったり舐《な》めたりするのハマってんの？」

「映さんの体なら全身どこでも舐めたいですよ。ここは映さんの反応もいいし、吸うのに丁度いいですし。先走り、もうすごいじゃないですか」

手のひらに粘りつくものを見せつけられ、さすがに顔が赤くなる。

「あんただって、俺の尻《しり》の下でめちゃくちゃ硬くなってんじゃん……」

「だってエロいじゃないですか、映さんのここ……男でこんなしっかり乳頭の形出る人っています？」

「う、うるせぇなぁ。あんたが色々やるからそうなっちまったんだろ」

「俺だけじゃなく、歴代の男が、ですけどね」

雪也は皮肉な笑みを浮かべながら音を立ててしこった乳頭を啜《すす》る。腰の奥に直接響くような快感に映は身を捩《よじ》りながら、うっとりと雪也の愛撫に浸った。

前を擦る手は強くなり、執拗に先端を責め始める。同時に胸への刺激も大きくなり、甘《あま》噛《が》みされたりきつく吸われたりして、映は捲《めく》り上《あ》げられたニットをぎゅっと掴《つか》みながら息も絶え絶えになる。

「あ、ぁ、で、出ちゃう……」

「いいですよ、たまには……先に出しても……どうして欲しいですか？」

「い、いっぱい吸って……たくさん擦《こす》って」

今日は焦《じ》らさず映の望みのままにしてくれる雪也。久しぶりに前と胸だけの刺激で映は上り詰める。

「あ……、ぁ、あっ、う……っ」

強く吸われて甘い快感が腰の奥からほとばしり、雪也に揉まれた陰茎は最後の高まりに硬直する。

「あ、あぁ……」

「たくさん出ましたね……ここだけだと出方も違うんだな」

ビクビクと震えて雪也の手の中に出した映は、あまりに懐かしい感覚に呆然《ぼうぜん》とする。後ろでイくとこんなに勢いよくは出ない。挿入の衝撃で出ることもあるが、大体どろりと垂れる感じで知らぬ間に腹が濡れていく。

射精の快感に陶然としながらも、じんじんと疼《うず》く下腹部。やはり前だけでは物足りない。

雪也は映の体を知り尽くしているので、すぐに下肢を裸にして後ろをいじり始める。吐精の余韻で弛緩《しかん》した体はすぐに柔らかく雪也を受け入れ、満たされる感覚を仰《の》け反《ぞ》って味わう。

「はぁ……ん、ふぅ……気持ちいい……」

「やっぱり、後ろの方がいいですか」

「どっちもいい、けど……充足感が違うっていうか……頭真っ白になる感じ……」

その分ひどく疲れるが快感の度合いが違うのだ。この感覚を覚えたせいで人生が狂ったと言っても過言ではない映なので、受け入れる側のセックスがなければ生きていけない。そしてその欲求を過剰なまでに最大限満たしてくれるのが雪也だった。精神的にも肉体的にも、もはやこの男なしの日々は想像ができなかった。

「俺も、あなたの中にいると満たされます……ずっとここにいたいと思ってしまう」

「だから何回出しても抜かねぇのか……」

「そうですよ。あなたと繋がっているときがいちばん幸福で安心するんです。ひとつになっているときだけ、あなたを本当に自分のものにできているっていうことを感じられるんです」

雪也の太ももの上で揺れながら、映はその執念を体の内側で十二分に感じている。その質量と熱と獰猛《どうもう》さは映の脳髄まで支配し、四肢の先まで痺れさせる。雪也を受け入れている間はずっと酩酊《めいてい》しているように意識が撓《たわ》んで曖昧《あいまい》だ。その中で快楽だけがはっきりと形を成し、官能の狭間《はざま》で溺れ続ける。

「はぁっ、は、あ、ぁ、い、いぃ、この体勢、好き……」

「いいところに当たります？　すごい中、動いてますよ」

「ん、いい、いぃ、深いし、あ、ゾワゾワして、寒気するくらい、感じる」

雪也は背をしならせる映の尻を揉みながら、目の前の乳首に飽きもせずに吸いついている。入れられながら胸をいじられると、まるで腰から乳首まで直結しているように快感の電流が走る。

すぐに軽く絶頂に達し震える映を凝視しながら、雪也は悩ましげにため息をつく。

「映さんは本当に魔性ですよね……こんな人が近くにいたら誰だっておかしくなりますよ」

「……あいつは、違うって思ってた、から……」

「そんなことないでしょう。同性に惚《ほ》れられ慣れているあなたです。感じていたはずだ」

やはり雪也は鋭い。自分自身でさえ今さっき気づいたようなことを鋭く言い当ててくる。

（そうだ、わかってたんだ、俺は。卑怯者《ひきょうもの》だ。でも……あいつだって友達でいようとしてくれてた。それは確かなんだ）

間宮は人格者だった。自分に求められているものを人一倍理解していた。だからこそ、苦しませた。これは映の罪だった。

「もしかして、本当は一度くらい許したんじゃないですか」

「んなわけねぇだろ……何度も言わせんな、そんなこと」

「そういう雰囲気になりかけたことくらい、いくらだってありそうですよ。映さんなら」

口では否定しつつ、やはり雪也の言葉は当たっているのかもしれない。

危ない場面は、きっと何度かあったのだろう。それでもあえて見ないふりをしてきた。

わからないふりをしてきた。

（だってそうしなきゃ……友達じゃいられねぇじゃん……瞳のこともあったけど、俺は
……ただ、普通の友達が……）

回想に耽《ふけ》りかけるのを、雪也の動きに引き戻される。番犬の嗅覚《きゅうかく》は心の内まで察知す
るのかもしれない。

その晩は嫉妬パワーでますます精力的になった雪也に一晩中責められた。お陰で映は間
宮とのことを悩む暇もなく、翌日を迎えたのであった。

結婚式

間宮《まみや》は一晩経《た》って気まずくなったのか、少し用事があると言って映《あきら》たちとは行動を共にしないことになった。

雪也《ゆきや》と村人たちの聞き込みをしようという話になっていたが、ふと映は気になることが浮かんだので、最初に一人で愛守神社《あいもりじんじゃ》——オタキ様のところへ向かうことにした。

「何がそんなに気になるんですか」

「いや、一昨日《おととい》は間宮の親父《おやじ》さん来ちゃったし、ちゃんと観察できてなかったと思ってさ。本殿の中とかろくに見てなかったし」

「じゃあ、俺も一緒に行きますよ」

「雪也一人で聞き込みした方が相手も喋《しゃべ》るかもしんねぇし、別行動でいいんじゃね？　特に女の人なら俺いない方が喋るっしょ」

そうですかね、とやや不満げな顔つきだったが、確かに今までもそういったことが度々あったので、結局納得はした様子で映の指示に従った。

一人で再び訪れたオタキ様の境内には誰もいない。静寂に包まれた本殿の中を覗《のぞ》いてみると、この前は気づかなかったが、そこには女神と思《おぼ》しき像が祀《まつ》られていた。

（狐《きつね》に乗ってる……剣を持って……とすると、あれは荼枳尼天《だきにてん》か）

そういえばここは稲荷《いなり》信仰の神社である。稲荷神と荼枳尼天は同一視されることもある。とすると、『オタキ様』というのは、荼枳尼天が訛《なま》ったものなのかもしれない。

玉砂利《たまじゃり》を踏む音が聞こえ、振り向くと神社の宮司らしき中年男性が箒《ほうき》を持って掃除をしていた。映と目が合うと、軽く会釈をする。

「どうも、こんにちは」

「こんにちは。この前もいらっしゃっていましたね」

前に来たときは宮司と直接言葉を交わしていないが、確かに姿は見たような気がする。

「ええ。今間宮さんのところにお世話になっています」

「伺っていますよ。民俗学を勉強していらっしゃるとか」

やはり村の中ではもはや常識のように映たちの情報が事前に浸透していたようだ。そして映の見た目からして相変わらず大学生と思われている。その方が無邪気に質問もできるので都合がいいといえばいい。

「はい、あの、ここを『オタキ様』と地元の人たちは呼んでいますが、これはどういう意味なんでしょうか」

「ああ。それには諸説あります。ひとつはここに祀られている荼枳尼天の呼び名が変化したもの。それと、この村に平家の落人《おちうど》伝説があることはご存じでしょうか」

「あっ、はい。友人から聞きました」

「その落ち延びた一族の中に『お滝《たき》』という女性がいたそうです。お滝は神が人の形をとった存在で、平家を追ってきた者たちを追い返し、過疎に悩んでいた村に子宝と幸福をもたらしたという伝説があります。村人たちはお滝に感謝して、この神社に祀ったということです」

「へえ……なるほど。実際にお滝という女性がいたという伝承もあるんですね」

　荼枳尼天が訛ったものよりも、そちらの方がロマンがあっていい。しかし実際どちらが正しいかわからないということは、神社の文献にも正確なものは残っていないということなのだろう。

「あと、この村の結婚式にも興味があって。昔はここで式の前に花嫁が一晩過ごしたそうですね」

「ええ、戦後しばらくして途絶えてしまいましたけれども。現在はただ詣《もう》でていただくだけになっておりますね」

「その昔の儀式ですけれど、具体的にどんなことをしていたんですか」

　多少突っ込んで聞いてみると、宮司は困ったように微笑《ほほえ》む。

「それがですね、まあ昔の話ですもんで。そこのお社《やしろ》に花嫁さんが泊まるということですね。そして神様に祝福してもらうんじゃないでしょうか」

「どうして花嫁だけなんです？」

「まあ……式の前に男女をひと所に宿泊させるというのが、昔は考えられなかったからじゃないですかね。文献にもちゃんとした記述が残されていないんです」

「儀式の内容は口伝《くでん》だったということですか？」

「ええ、そうなんでしょうね。すみません、お役に立てず」

「いいえ、こちらこそ、お忙しいところ色々聞いてしまって」

　宮司の歯切れの悪い答えにますます映はどこか怪しい気持ちを覚えてしまう。もちろん事件が立て続けに起きていることは知っているだろうから、よそ者に詳しい話をしたくないのもわかるが、今は行っていない古い儀式の話ならば構わないはずではないか。ただ、その内容があまりに村のイメージを損なうようなものならばまた別の話だが。

　儀式は戦後まもなく途絶えたということだが、それならばそこまで大昔の話ではない。口伝にしろ何にしろ、現在の宮司が何も知らないなどということはあり得ないだろう。しかしここでしつこく聞いても成果はなさそうだ。

「あの、ところで、あのお社の中って見せていただくことはできますか」

「いや、それはちょっと……結婚式の儀式に使うときのみ、使用する決まりですので」

ですよね、と笑って引き下がる。あまりしつこくすると警戒されてしまってやりにくくなる。

（式の前夜、このお社に泊まるのは花嫁だけ……。そして、祀られているのは荼枳尼天だ）

何かが引っかかる。稲荷神社で荼枳尼天を祀るのはよくあることだが、そこに加えて一夜の儀式、そして近隣でも有名なこの神社のご利益。

映も神々のことに詳しいわけではないが、ちょっと思い当たることがあり、次第に妙な疑惑が頭をもたげてくる。しかし、もう少し確証がなければ断言はできない。

（俺の予想が正しいとすれば、ここの人たちは絶対に口を割ることはない……。さて、どうしようか）

＊＊＊

一方、雪也は村を散策しつつ、出会う村人たちに気さくに声をかけていたが、大体は挨《あい》拶《さつ》は返してくれるものの、会話をしようとはしない。

やはり日中に畑仕事や買い物などで出歩いている人々は高齢者が多く、年寄りたちはよそ者とは話す気もないのだろう。

さてどうしたものかと考えていると、行く手に村にはやや不似合いな洒落《しゃれ》た喫茶店らしき店がある。観光業がこの村の主な産業と聞いていたので、こういうものがあってもおかしくはない。

一縷《いちる》の望みをかけて入ってみると、はたしてそこには二十代か三十代くらいの女性二人がティータイムを楽しんでいた。格好からして、観光で来た旅行客というよりも地元の人間に見える。

「いらっしゃいませ。お一人様ですか」

バイトの女の子だろうか、やはり二十代半ばくらいの若い娘が声をかけてくる。先客たちは雪也を見て明らかに驚いた顔をし、その後声を潜めてクスクスと小さく笑いながら何やら楽しげに喋っている。

「はい、一人です。あの、ここは喫茶店、ですよね」

「はい、軽食もありますよ。今の時間でしたらランチセットもお得です」

「君は地元の人ですか。バイトかな」

「えっと、はい、親がここをやってますので」

「そうなんですね」

席について適当にメニューを眺めながら質問する。純朴そうな喫茶店の娘は聞けば何でも答えてくれそうな雰囲気だ。客も雪也と先客の二組しかいないので暇を持て余しているのだろう。

　コーヒーと手作りの焼き菓子を注文すると、彼女は一度奥に引っ込んだ後、すぐに水とおしぼりを持って再び雪也のテーブルにやってくる。

「お客さんは、観光ですか」

「うん、そんなようなものかな。東京から来ました。友達がここの村出身なんです」

「えっ、そうなんですね。でも、納得です。若い方が観光でここに来るの、ちょっと珍しいので」

　本当は雪也の友人ではないが、どうせ間宮家には勘違いされているので、その設定でいくことにする。

「温泉が名物って話ですもんね。あれ、でもここの神社、縁結びか何かでも有名じゃなかったですすか」

「ああ、確かに。でも縁結びじゃなくてその後の方みたいです。子孫繁栄みたいな」

「結婚した後ってことか。じゃあ、ここで式を挙げればご利益があるのかな」

「あの、それは……」

　奥から声がかかり、娘は「また後で」と言ってテーブルを離れる。

　すると、会話を聞いていたらしい先客たちが雪也に話しかけてきた。

「だめですよ、お兄さん。この村、村出身の人以外が結婚式挙げると、よくないことがあるみたいだから」

「え……、どうして？　怖いなぁ」

大げさに怖がってみせる。まさか、こちらから具体的に訊《たず》ねる前に情報の方からやってくるとは思わなかった。

「なんかね、北天村《ほくてんむら》出身の人間がこの村で式を挙げるのは決まりごとみたいなものなんだけど、変な人がいてね、そいつが全然村人でも何でもない友達にここで結婚式をさせちゃったの」

「そうそう、それでね……それから色々変なことが起きてね。困ってるよね、あたしたちもさ」

「何だべ、あんた結婚する予定ないじゃないの」

「そんなの、あんたも同じでしょ！」

見事に口が軽い二人である。これまで出会った年配の村人たちとは真逆で、べらべらとよく喋る。

「君たちもこの村の人なの？」

「そうです、さっきの子も友達。この村、皆親戚《しんせき》のようなものだから」

バイトの娘は雪也が注文したものを持って戻ってくる。そして雪也と二人が会話しているのを見て「何話してたの」と再び話に加わった。

「結婚式の話よ。ほら、佐知《さち》が余計なことしたせいで、それから式挙げた皆がおかしな目にあってるって」

「ああ……本当迷惑だ。それで結婚式どうしようって悩んでる子もいるし」

「佐知っていう人が、何かしたの」

雪也たちが佐知にすでに会っていることは、本人が周りに吹聴していない限り誰も知らないだろう。旅館のロビーにいたのを見た人はいるかもしれないが、まさか雪也たちの部屋に入るところまで把握している者はいなそうだ。

「そうよ。さっき話した変な人。自分の友達に勝手に結婚式させちゃって」

「でもさ、あれただの友達じゃないでしょ。ワケアリな感じよ」

「どういうこと。あ、駆け落ちっぽいっていうのは聞いた」

「それもだけど、男の方、佐知と普通の友達じゃない感じしたの。怪しいっていうか」

「え、それって三角関係だったたってこと」

こうなると女子の噂話《うわさばなし》は止まらない。雪也そっちのけで佐知の話に夢中である。

「どうしてその佐知さんと男友達の方が怪しいと思ったの」

「だって、もう一人の女の子がいるときといないときとで二人の空気が違うんですよ」

「そういえばそうよね。やけに距離近かったし……それじゃここで結婚させたのも、単純な理由じゃなかったのかなぁ」

「絶対そうだと思う。なんか言い争いもしてた。友達同士の喧嘩《けんか》って感じじゃなくて、もっと痴話《ちわ》喧嘩って感じの」

何とも信憑性《しんぴょうせい》に欠ける、というか確証のない話ではあるが、女の勘は侮れない。

（もしこの話が本当なら、佐知さんは俺たちに真実を話していないことになる……聞かれれば答えると言っていたが、友人カップルの男の方と以前何かあったかと聞いても答えてくれるんだろうか）

あの頑《かたく》なに他人を拒絶する態度を見ていると疑問だが、反対に少しも狼狽《ろうばい》せずあっさりと答えてくれるような気もする。

しかし、聞いたところで佐知と友人カップルの本当の関係が、この一連の事故、事件に何か繋《つな》がりがあるのだろうか。

雪也が思考を巡らせている間に、地元の女子会では佐知の悪口で盛り上がっている。何とも言えない居心地の悪さに、思わず口を挟む。

「あの、どうしてその佐知という人は嫌われているんですか」

「え？　ああ……だって、ねぇ」

彼女らは顔を見合わせ、湿った笑みを浮かべる。

「いやらしい女だべ、佐知は」

「んだんだ。生まれついてのな」

「やだ、ちっとあんたら訛り過ぎ。東京の人さいるのに恥ずかしい」

誰かの悪口を初対面の男の前で喋り散らすよりも、訛っていることの方が恥ずかしいらしい。

これ以上ここにいても噂話以上のものはもう聞けなそうだ。そう判断し、雪也はコーヒーをひと息に飲んで菓子をつまみ、勘定をして店を出た。

それからまた歩きまわり、出会う人々に色々話は聞いたが、やはり会話を続けてくれるのは比較的若い年齢層の女性ばかりだった。

共通しているのは、舞田《まいた》佐知への悪感情。しかしどの話も噂話の域を出ないと思えるようなゴシップの類《たぐ》いで、何をきっかけにこんな空気が広まってしまったのかはさすがに気になった。

あらかた話は聞けただろうと旅館に戻ろうとすると、間宮家の方から映の声が聞こえてくる。

昨日のことがあるので一瞬ざわりと嫉妬《しっと》の虫が騒ぎ始めるが、映の会話相手は間宮本人ではなさそうだ。間宮家の縁側《えんがわ》に映と並んで腰掛けているのは、ちんまりとした可愛《かわい》らしいおばあちゃんである。

「だからぁ……あのね、おばあちゃん。俺は男なの。オ・ト・コ！」

「そんなめんごい顔して、何言ってんだべ。いやぁ、東京の女の子は美人だなぃ。大地の後輩だってなぁ。どうだ、大地は。いい男だべ。嫁さごねぇが?」

「だーかーらー」

どうやらずっとこの問答を繰り返しているようだ。面白いのでしばらく観察していたいような気もしたが、映が困り果てているので口を挟むことにする。

「映さん」

「あっ、雪也」

歩み寄る雪也を見て、映はあからさまにホッとした顔をする。

「助けてよ。間宮のばあちゃん、さっきから俺のことずっと女だと思ってそういう話しかしないんだよ」

「あれまぁ、たまげた。こりゃまた俳優さんみてぇでねぇか。しゃーねぇべなぁ、大地はちっと敵《かな》わねぇなこりゃ」

今度は雪也を映の彼氏だと決めつけている。合ってはいるのだが、老人の中での映は揺るぎない女子のままである。

埒《らち》が明かないので、映は用事があるからと誤解を解くのを諦《あきら》めてその場から逃げ出した。

「どうしてあの人と話していたんですか」

「神社の帰りに声かけられたんだよ。ばあちゃん、道端で写生してたの。『ここはどう描いたらいいと思う？』なんて聞くからさ。手伝ってやったらやたら感動されて、家に連れていかれたら間宮の家だったたってオチ」

「さすがに狭い村ですね……」

しかし映が絵の手伝いなどしてやったらそれは誰だって驚愕《きょうがく》し感動するに決まっている。年寄りにまで嫉妬心を覚えつつ、一日たりとも何か起こさずにはおかない映の引きのよさに半ば呆《あき》れもする。

「それにしても、なかなか手強《てごわ》い相手だったようですね」

「手強いなんてもんじゃねぇよ。話が何も通じねぇ……一気に疲れたわ」

映はぐったりとした様子で、一旦《いったん》雪也と一緒に部屋に戻る。

雪也から見ればさすがに映は女には見えないのだが、あの老人にとっては可愛いものは皆女の子になってしまうのかもしれない。

疲れ果てた映に日本茶を淹《い》れながら、雪也は神社のことを訊ねる。

「どうでしたか、オタキ様は」

「これといった収穫はねぇな……ただ、やっぱり一昔前にやってた儀式っていうのが気になる。茶枳尼天が祀られてたっていうのもな」

「茶枳尼天……ですか」

「雪也の方はどうなんだよ。何かわかったのか」

雪也は今日あったことをかいつまんで聞かせた。佐知が村中に嫌われているのはどうやら本当らしいということ。若い世代からも同じで、そしてこの村で結婚させた友人カップルの男の方とは以前関係があったのではと噂されているということ。

確固たる証拠のようなものはないとはいえ、かなりの情報量に、映は感心した面持《おもも》ちでお茶を飲みつつ頷《うなず》いている。

「へえ。やっぱ雪也は一人で聞き込みした方がいいな、相手が女の場合」

「どうなんですかね。俺が聞き込んだというよりも、皆自分からべらべら喋るんですよ。さすがに年配の方はよそ者に何でも喋るというわけじゃありませんでしたけど、若い人たちは皆、佐知さんの悪口で盛り上がっていましたね」

「そんな状況で、何で間宮は佐知さんが嫌われてるってこと知らないんだ？　東京に出てきちまったからかな……」

「まあ、多分そうなんじゃないですかね。後は……そういう嫌なものを見たくない性格だとか」

ああ、と映は少し思い当たることがあったのか納得したような顔をしている。

「確かにそういうところはあるかな……。っていうか、あいつ人の悪口が嫌いなんだよ。誰かが陰で何か言い始めると、『そういうことはやめろ』ってすぐに止めるから」

「なるほど。そういう性格なら、周りは彼の前で佐知さんの悪口を言わなかったかもしれませんね」

「それにしても、佐知さんは美人であの気性だから嫌われてんのかなぁ。それだけじゃねぇよな、絶対」

「そのことも、どこかで調べた方がいいかもしれませんね……あのお喋りな間宮さんのおばあちゃんとか、結構話してくれそうじゃないですか」

そう言ってみると、映は途端に強く首を横に振る。

「嫌だよ、あのばあちゃん全然話聞いてくれないもん。質問したってまったく違う答えが返ってくるだけだよ」

「そうですか？　映さんを気に入ってるみたいでしたけど」

「だから、それは女の子としてだろ！　いくら違うって言ったって聞きゃしねぇ……」

大学生と勘違いされたり、女の子と思い込まれたり、この村では映という存在が東京とはまったくの別物になっていて面白い。

そのときふと、雪也の頭に妙案が浮かんできた。

「……そうだ。いいことを思いつきました」

「え、何？」

「間宮さんに頼んで、俺と映さんがあの神社で結婚式を挙げるのはどうでしょうか」

「は？」

鳩《はと》が豆鉄砲を食らったような顔というのはまさしくこれだろうという表情で映が固まっている。

「え、いや……何？　何言ってんの？　どうしちゃったの？」

「だから、佐知さんの友人のように、俺たちもオタキ様のところで式を挙げるんですよ。そうしたら、呪《のろ》いがあるかどうかわかるじゃないですか」

ようやく雪也の提案を呑《の》み込《こ》み始めたのか、映はみるみるうちに焦《あせ》った顔つきになり、畳の上で微妙に後ずさる。

「いや……いやいやいや。どうしてそうなる？　ってか、どうしてそれできると思っちゃう？」

「できるでしょう。ただの『ふり』ですよ。よそ者が式を挙げたから呪われるというなら、俺たちなんてよそ者でしかも男同士、実際籍は入れたくても入れられない完全なフェイクなわけですから、そういう呪いがあるなら絶対かかるはずです」

「自ら呪いにかかりにいこうっての？　え、マジかよ……え、本気？」

「本気ですよ」

本気の目をして映を見つめると、さーっと青ざめていくのがとてもわかりやすい。

最近映はオカルトじみた方面を実際に体験してしまったので、普段呪いだ何だと信じていないといってもやはり怖いのだろう。

「そんなの、やる意味ねぇだろ……無理過ぎ」

「意味はありますよ。かなり。それに、今風の式ではなくて、昔のものに則《のっと》ったらいいじゃないですか」

「昔のって……あのお社で一晩過ごすってやつか」

「ええ、そうです。そしたらお社の中も見ることができる。結婚式のときしか見られないわけでしょう。それだけでもやってみる価値はありますよ」

「まあ……そうかもしれねぇけど……やっぱ怖い、無理。一人であんなところに……」

「いえ、映さん一人ではなく、俺たち二人で」

は？　と間の抜けた声を上げる映。

「それじゃ……違うじゃん、昔のと。式の前夜にあそこに泊まるのは、花嫁だけって決まりなんだろ？」

「そこも規則を破るわけですから、呪いが存在するならばかかる確率は倍になりますよ」

呪いを強調してみせると、とうとう映は泣き出しそうな顔になる。ここまで怯《おび》える表情を見ることは稀《まれ》なので、雪也の胸の奥がウズウズと熱くなってしまう。

「お、俺……やだよ。こないだ生き霊《いりょう》引き寄せたばっかなのに、今度は神様の呪いだなんて……桁違《けたちが》いに怖いじゃねぇかよ」

「大丈夫ですよ。何かあっても俺が映さんを守ってみせます」

「呪い相手にどうやって守るんだよ！」

「どうでしょう……殴ったりできますかね」

「でき……るかもしんねぇけどさ、あんたならさ。でも普通に怖いし嫌だって！　あれ以来オカルト関係苦手になってんだよ！」

　怖がる映を大丈夫ですよと宥《なだ》めつつ、どうやって実行しようかとすでに次の段階を考えている。そもそも、雪也は最初からこんな村の噂話など信じていない。

（何か隠していることがある……この村にはよそ者に明かさない秘密が必ずある）

　それはきっと佐知が嫌われていることとも関《かか》わってくるのだろう。生まれついてのいやらしい女などと言っていたが、少なくとも彼女は自分たちに色目を使うことなどなかった。いわゆるフェロモンというものも過剰なほどに感じることはなかったし、まず間違いなくビッチと言えるであろう映のような存在とは真逆である。

　村人たちは都合の悪いことをオタキ様の呪いだ祟《たた》りだと言って隠しているようにしか見えない。昔からよくあることだ。口にしてはならないことを正体の見えない化け物のせいにする。

　映を散々説得して渋々承知させた後、間宮にも連絡して呼び出し、計画を話してみる。

「え……結婚式の実験？」

　間宮も映同様、意味がわからないという顔をして首を傾《かし》げる。

「えーとつまり……夏川《なつかわ》と如月《きさらぎ》さんが、結婚式をあそこで挙げる……ふりをするってこと？」

「そう、らしい。俺は半信半疑っていうか、呪いとか怖いし絶対無理なんだけど、雪也がそれで色々わかるかもしれないって言うから……」

間宮は俯《うつむ》き、呻《うめ》いて考え込む。

「うーん。それは……そうかもしれないけど」

「あの宮司さんはお金で融通の利く人なんですよね？　だったら問題はありません。それに、そういうことでもしない限り、あのお社には入れてくれないでしょうし。あそこに行けば、何かが見つけられるかもしれません」

雪也の説明をしばらく黙って聞いていた間宮だが、軽く頷いた後、

「……そういう話なら、お金は使わなくてもいいかもしれません」

「どういうことですか」

「うちのばあちゃん、ああ見えて村でいちばん権力があるんです。権力っていうか……この村を観光業で成功させた立て役者で、村中に顔が利く。宮司さんも、ばあちゃんのことなら何でも言うこと聞くと思いますよ」

「マジで……？　あのばあちゃんが？」

「それはすごいですね。かなりのやり手だったんですか」

今ではボケて映を女の子と思い込んでいるような老人なのに、そんな大層な人物だったとはあまりに予想外だった。さすがに女系で代々女が強い家系だけはある。

「それじゃ、幸い俺のこと女だと思い込んでるし……ああ、でも佐知さんがよそ者を結婚させたから一連の事件が起こってるのに、協力してくれるわけないか……」

「いや、大丈夫だよ。ばあちゃん、そのこと知らない。聞いたかもしれないけど、すぐに忘れちゃうんだ。だから適当なこと言って宮司さんにお願いしてもらえば、可能だと思う」

フェイクの結婚式が現実味を帯びてきた。絶対に許されないだろうと高を括《くく》っていた様子の映が、こうなると呪いカウントダウンも間近だと感じたようで、目に見えて震え上がっている。

「え～……マジでやんのかよ……」

「いいじゃないですか。それでわかることがあるなら」

「思いつきもしなかったけど、まあ、やってみる価値はあるかな……極秘じゃないとだめだけどね。村の人たちはよそ者に式を挙げさせたからだってもう確信しちゃってるし」

「宮司さんは大丈夫なのか。いくらばあちゃんにお願いされても、許可できないって可能性も……」

「それもあり得ると思うけど、とりあえずやってみたら。ばあちゃんの言うことなら十中八九聞くと思うけどね」

一体あの老人はどれだけの力を持っているというのか。村の縦社会というものは、東京よりももっと絶対的なものなのかもしれない。

それよりも、実際式を行うことで、その後一体何が起きるのか。オタキ様は現れるのか。二度目のよそ者の結婚式に、より強い呪いをかけようとするのか。

あるいは、そう見せかけようとする何者かが暗躍するのか——色々考えを巡らせてニヤつく雪也の横で、映はひたすら怯えながらため息をついていた。


「間宮さん！」

「え……、あ、如月さん」

旅館から出て家に帰ろうとしていたのを、後ろから駆け寄って呼び止める。

「どうかしましたか」

「いえ、少しお話がしたいと思いまして」

雪也がそう言うのに驚いた様子で束《つか》の間《ま》言葉を失っていたが、すぐに「もちろんいいですよ」と好青年は微笑んだ。

間宮は離れにある自室に雪也を招待した。自室と呼ぶにはあまりに広く、キッチンやバス、もちろんトイレもついていて、普通に一戸建ての家としても成り立っている。
「ここは上の姉夫婦が結婚したときに建てた家なんです。最初は二人でここに住んでいて、子どもが生まれてからは祖父母がこちらに移り住みました。ただ、祖父が亡くなって、祖母が少しボケ始めてしまったんで、心配だということで祖母も母屋《おもや》の方に戻り、こちらが空き家になったわけです」

「それで、間宮さんの部屋ということになったんですね」

「ええ。まあ、俺は東京に出て滅多に戻らなくなったので、元々母屋にあった部屋は祖母のものになってしまいましたから、こうしてたまに帰ってくると居場所がなくて。でも、こんなに広い部屋、というか家ですから快適ですよ。東京で暮らしてるマンションよりもずっと大きいし」

少しくすぐったそうに笑う間宮は爽《さわ》やかという言葉そのものである。育ちのいい屈託のない笑顔で、これは誰にでも好かれるだろうと素直に思える青年だ。

(映さんは……この人と本当に友達になりたかったんだろうな。普通の『友達』に)

あの会話後の映は明らかに深く考え込み、落胆し、ため息ばかりついていた。普通の友達ができないなどという悩みは、映以外滅多にないことだろう。

雪也にもかつて似たような悩みはあった。友人知人に彼女や好きな人を紹介されると、その相手が雪也を好きになってしまうのだ。それで微妙な関係やトラブルになってしまったことが何度あったことか。雪也は別にアプローチなどしていないのに、会っただけで勝手に好意を持たれてしまう。けれど、友人に会わせたいと言われれば断るのもおかしい。

しかしそれは、友人そのものの変化ではない。映のように普通の友達付き合いがしたいと思っていてもできないという状況は、やはり特殊なものでしかない。

「それで、お話って何でしょうか」

雪也にお茶を出した間宮が少し躊躇《ためら》いながら訊ねてくる。深刻な内容を想像しているのか、少し緊張しているようだ。

雪也は空気を和ませようと微笑した。だがやはりこの話はある意味では実際深刻なので、そんな小細工《こざいく》も無意味かもしれない。

「いえ、そんなに特別な話ってわけでもないんですが……映さんのことなんです」

「夏川の？」

「ええ。何だか昨日から少しおかしくて。間宮さん、何かご存じないですか」

雪也にそう問われて、間宮の表情は暗くなる。

「そうですか……。おかしいって、どんな様子なんです」

「何だかぼうっと考え込んだり、ため息をついたり……ですかね。もちろん今回の事件のことを考えているのかもしれませんが、ちょっと今までと違うので」

「それで、どうして俺が何か知っていると？」

「いや……昨日は二人で昼食をとったでしょう。その後からそうなったものですから、もしかすると間宮さんと何か話して、その影響なのかなと」

間宮は俯き、考え込んでいる。内容が内容なので、やはり簡単には明かせないのだろう。雪也が映とそういう関係であることも、このお坊ちゃんは気づいていないだろうから余計にだ。いや、気づいていたらいたでますます話しづらいだろうか。

やがて、間宮は意を決したように顔を上げた。

「すみません、如月さん……。事件を解決してもらおうとしている最中なのに、俺のせいで夏川を悩ませてしまいました。やはり言うべきじゃなかったと、ずっと後悔していたところだったんです」

「何か……プライベートな話でしたか」

「はい。……実は……その、学生時代、俺は……夏川に、好意を抱いていたんです。その……友情ではなく」

間宮の顔が赤い。話す決心はしたものの、口にしてしまってから羞恥心《しゅうちしん》が襲ってきたのだろう。

(本当に、真っ直《まっす》ぐなお坊ちゃんなんだろうな、この人は)

雪也は冷静に間宮を観察している。恐らく同性に恋心を抱いたことなど初めてだったに違いない。いくら東京に出てきていても、こんな田舎《いなか》の村で育ってきた人間だ。絶対に口にしてはいけないことのひとつだっただろうし、知り合って日も浅い雪也などに打ち明けることは相当な勇気がいっただろう。いや、むしろそちらの方が告白しやすいだろうか。昔からの知り合いになど、口が裂けても言えないかもしれない。

「俺と夏川と……そして、夏川の婚約者だった女性のことは聞いていますか」

「ええ、少しは」

「俺たちは本当に仲がよかった。ほぼ毎日顔を合わせていましたし、三人でいるととても楽しかったんです。俺も夏川も友人が多くて、賑《にぎ》やかな日々でしたけど……夏川みたいな奴《やつ》は初めてだった。あの通り、幼い顔をしているくせに、妙に世慣れたところもあって、俺なんか東京に出てきたばっかりの田舎者だったから、夏川がふいに見せる大人みたいな表情にドキッとしたものです。そのくせ、ガキみたいに下品なことも言うし馬鹿《ばか》みたいなこともする。ギャップに振り回されました。それに……男にこんなこと感じたことなかったんですが、妙に色っぽいっていうか。……気づいたら、あいつのことばかり目で追いかけるようになっていました」

　これは映にとって不幸な話である。何のアプローチをしているわけでもなく、色気を出そうとしているわけでもない。ただ普通に接していて、相手が恋に落ちてしまうのだからどうしようもないのだ。雪也は何とも言えない感情に支配された。

「たまに一度も夏川に会えない日があると胸が詰まって切なくなった。会えれば本当に嬉《うれ》しくて……ずっと話していたかった。側《そば》にいたかった。もう、この気持ちは明らかに恋でした。でも……俺は必死でそれを隠してきた。なぜなら、その頃には夏川の婚約者のことを託されていたからです。彼女は、俺に好意を抱いていて……そんな状況で、自分のこの気持ちを認めるわけにはいかなかったんです」

複雑過ぎる三角関係だった。瞳《ひとみ》以外の男二人が自分の気持ちを隠したり、見ないふりをしたりしてやり過ごしてきた。それはとても危うい均衡で保たれていたものだったと言える。

「夏川の信頼を裏切りたくなかったし、瞳ちゃんのことにだって責任を持ちたかった。彼女が箱入りのお嬢さんなんてことはよくわかっていました。そして、婚約者であり幼馴《おさな》染《じ》みだった彼女を俺に託してくれた夏川の気持ちだって十分に感じていたつもりです。でも……本当に恋心ってどうしようもないものですよね……俺は馬鹿でした。だけどすべてを壊してまで告白する勇気なんかなかったし、俺は皆にとって『いい奴』でありたかった……瞳ちゃんにとっては優しい理想の彼氏で、夏川にとっては頼れる友人で……その行動自体が最低の『悪い奴』だったんですけどね。だから、積もり積もった罪悪感はずっとありました。夏川がいなくなって、瞳ちゃんと別れて……今も……」

「それで……打ち明けたんですか」

間宮は頷き、項垂《うなだ》れる。

「最初は、そんなつもりはなかったんです。でもやっぱり、一緒にいるうちにどんどんまたあの気持ちが込み上げてきて……。わかってるんですよ、夏川は俺にそんな感情抱いてないって。でも……ずっと自分の中だけに秘めているには、あまりにもこの恋心はワガマだったんです。せめて……夏川に知っていて欲しいと、思ってしまった」

「……そうでしたか」

映とどうこうなりたいと思っている、というわけではなさそうで、雪也は少し安堵《あんど》した。間宮の躊躇いがちでありつつも切実な告白には、ほとんど偽りがないように感じられたのだ。

（映さんにそういう気持ちがないとわかっていた……というのは、意外に冷静だったな。これがもっと浅はかな男なら、自分を誘惑したと思い込むだろう。けど、この男はそうじゃなかった。映さんが無意識の色気を醸していることをわかっていたんだ）

映は間宮をよく気がつく、皆に好かれると言っていたが、そういう人物は気配りができ客観視に長《た》けている。自分の立ち位置、周りの関係性をよく把握していることが多い。そのために、映が自分に特別な感情を抱いているわけではないことを、悲しいかな把握していたのだろう。

「すみません、こんな話をして。夏川には、金輪際《こんりんざい》同じことを言わないつもりです。そんなに悩ませてしまったなんて……わかっていたけど、俺は本当に自分勝手でした。婚約者がいるって話もした上であんなこと……混乱するのも当然です」

「いえ、お話を聞いてよくわかりました。大丈夫ですよ、映さんはすぐに自分を持ち直す人ですから。間宮さんのことも、大切な友人と思っているからこそ動揺したんでしょう。それで今後の関係を断ち切るだとか、そういうことはきっとないと思いますから、安心してください」

「そ、そうですか……それなら……」

さり気なく映が間宮を友人としか思っていないことを強調し、友人に徹するならば関係性も保てるのだと牽制《けんせい》する。

この男は調和を崩すことを何より恐れていた。今でもそうだろう。そこをあえて壊してでも映を手に入れようとするほどの凶暴性は、この育ちのいいお坊ちゃんにはない。

素直な間宮は雪也の言葉に微《かす》かに失意の色を浮かべた。僅《わず》かでも期待がなかったと言えば、きっとそれは嘘《うそ》になる。

「デリケートな話を、こんなところにまで乗り込んで聞いてしまって、すみませんでした。もちろん、このことは映さんには言いません」

「え、夏川には何と言って出てきたんですか」

「仕事の連絡をしなきゃいけないからと。そういうことも度々あるので、大丈夫ですよ」

「そうですか。ご心配をおかけして、すみません……。本当に余計なこと言っちゃったな。如月さん、どうか夏川のことをよろしくお願いしますね」

「ええ、もちろん」

言われなくとも、どこまでもよろしくお願いされるつもりだ。心のケアから体のケアまで、映を隅々まで知り抜いているのは自分だけだと自負している。

離れから出て旅館の部屋に向かいながら、数多《あまた》の星々のきらめく夜空を眺め、雪也はひと息ついた。

とりあえず、不安の種は回収した。しかし、この複雑な感情は一体何なのだろう。

（俺は……何の制約もなく映さんとこういう関係になれた。もしも自分があの男の立場だったら……）

自分なら、いい子にしてはいられない。欲しいと思えば奪ってしまっていただろう。きっと色々な人が不幸になる。心に傷を残す。けれど、きっとそんなことは気にしなかった。

それだけに、間宮の自制心に妙な尊敬の念を抱いてしまうのだろうか。彼自身、映のいい友人であろうと努力していた。あの異常なフェロモンゆえに道ならぬ感情を抱くことがなければ、どれだけよかったことだろう。

（何とも……気の毒な話だったのかもな）

欲しいものは奪え。雪也はそういう考えの人間だ。けれど、世の中そんな男ばかりではない。男として間宮を情けない奴だと思う気持ちがある一方、その忍耐強さと思慮深さに一目置いてしまう部分もある。

（ま……それでもあの『嘘』は随分と稚拙だと思うけどな。それだけ自信がなかったんだろうが）

完璧《かんぺき》な好青年に見える間宮に垣間《かいまみ》見える意外な幼稚さに、雪也は一周回って好感を覚えたのだった。

＊＊＊

「っていうか、お社に泊まるのは式の前だろ？　何でこんなバリバリ白無垢《しろむく》着せられてんだよ、俺は」

「その方がパッと見で花嫁とわかりやすいじゃないですか」

「そういう問題……？」

はたして、間宮の祖母の威力は絶大であった。

映を女の子と信じ込んでいる彼女は、映が様々な事情があり式を挙げることができないので、せめてここで結婚式の気分を味わいたいと言うと、大賛成して宮司に直談判《じかだんぱん》して承諾させてしまった。

　映が写生の手助けをしたことがよほど嬉しかったのか、映本人を相当お気に召していたのか。とにかく映の望みならばと張り切ってことを推し進めてしまったのである。もちろん、このことは内密にと何度も言い含め、わかっているとしたり顔で頷いていたが、この実験が漏れるとしたら間違いなくこの老いた権力者からだろう。

「間宮の言う通り、ばあちゃんここ一連の事件のこと何も知らないんだな」

「話しても覚えていないという話でしたね。いいと思いますよ、嫌なことばかり覚えているよりも、明るく楽しく笑って老後を過ごしたいじゃないですか」

　確かにボケ方としてはいいものなのかもしれない。中には攻撃的になってしまう老人もいるだろう。それよりは悪いことはすべて忘れてしまった方がいい。

　それにしても、と映は渋々自分で着付けた白無垢を眺めてため息をつく。ご丁寧に綿帽子まであったので仕方なくかぶり、まだ物足りないとなぜか慣れた手つきで雪也に薄く化粧まで施され、見た目はまるきり本物の花嫁そのものである。ただの実験の儀式でここまでやる必要があるのだろうか、と女装が平気な映だが少々虚《むな》しくもなる。

「こんなものまで取り寄せて……雪也めちゃくちゃ張り切ってんな……」

「この村で調達しようとすれば確実に何をしようとしているかバレるじゃないですか」

「そりゃそうだけど、着る必要性まで感じなかったぞ……届いた日数からして、この計画思いついてすぐ注文したよな」

「ビジネスはタイミングが大事なんですよ。やるからには徹底して進行するのが俺のモットーですから」

自らも紋付き羽織袴《はおりはかま》をビシッと着こなした男がわけのわからないことを言っている。

身長も体幹の厚みもあり、かといってゴツゴツしていないスッとした端麗なスタイルでもあるので、正直惚れ惚《ほ》れ《ぼ》するほどの男ぶりである。

(雪也、和装似合うなぁ。着物なんか着たら絶対任侠《にんきょう》ヤクザにしかならねぇと思ってたけど、これはなかなか……)

思わずじっと見つめていると、雪也が視線に気づいて微笑む。

「どうしましたか」

「いや、雪也カッコイイなと思って。羽織袴似合うじゃん」

「本当ですか。映さんにそう言われるとすごく嬉しいですね。あなたこそ白無垢が異常に似合いますよ」

「異常とかやめろ。あんただってマジでしっくり来るよ。日常生活和装でもいいくらい」

「あなたに加えて俺まで和装だと、ますますどういう職業かわからなくなりますね」

二人は辺りが暗くなってからこっそりと愛守神社へ出向き、社務所で着替えをして、花嫁、花婿の姿になった。

宮司は間宮の祖母の圧力で従いはしたものの、今度こそこれが露見したらえらいことになるのだから、と必死で「絶対に他言無用でお願いします」と何度も繰り返している。

「大丈夫です、これは実験ですから」

「何の実験なんです。これ以上、オタキ様のお怒りに触れたら……」

「そのオタキ様の祟りが実際にあるのかどうかの実験です。あなたの不利益になることはありませんから、安心してください」

まったく安心できない威圧感を放ちながら、雪也は青くなっている宮司を宥める。今更やめるのは許さないという圧倒的な気迫に、映は宮司が気の毒になってきた。

「さて、ここでグズグズしてもいられません。早速式を始めましょうか」

「え……実際に結婚式までやっちゃうのか」

「簡易的にですけどね。花嫁だけでなく花婿も入りますから、式を先にやってしまってもいいでしょう。清めのお祓《はら》いをしてもらって、三三九度杯をいただく。玉串《たまぐし》を捧《ささ》げて、そしてあのお社に入ります」

「順番めちゃくちゃだな……宮司さん、本来はどうやって花嫁はあそこに入るんですか」

「い、いえ、ただ花嫁さんは身を清めてお祓いをされ、お神酒《みき》を飲み、それでお社に入るというだけで……」

「本当に花嫁だけなんですね？」

「はあ……中に入る人間は、花嫁一人です。後は神々が祝福をします。女性一人ですので、もちろん外には見張りの者がいたようですが」

（……神々の祝福？　ってことは、オタキ様だけの祝福ってわけじゃねぇのか）

元々日本には八百万《やおよろず》の神々が存在する。自然などにも神が宿り、そこかしこに神様は生きている、生まれるという信仰だ。

花嫁はあのお社に一人で入り、一晩神々の祝福を受け、そして結婚後、子宝や夫婦円満の幸福に恵まれるということなのだろうか。

宮司は二人を本殿に招き入れた。三人の他には当然誰もいない。そこで祓詞《はらえごと》を唱え、大麻《おおぬさ》を振って二人を清める。三つの杯のお神酒を交互に含み、宮司に渡された玉串を荼枳尼天に捧げる。

儀式は簡略化されすぐに済んだ。通常ならばここに招待客がいるのだろうが、ただの実験なので形ばかりのものだ。

「では……お二人でお社に入るということでしょうか」

進行を終えると、宮司は戸惑った様子で訊ねる。

「ええ。二人で入ってそこで夜を明かします」

「本当に……いいんですね？　私は、何があっても責任は取れません」

「もちろんですよ。男二人ですから特に見張りもいりません。日が昇ったら自分たちで着替えて出ていきますから。もちろん、他の参拝客が来る前の、早朝に」

何よりも村人たちにこの実験が露見することを恐れている宮司は、雪也の最後の言葉にあからさまにホッとした表情を見せた。

「わかりました。では、お二人をご案内した後、私も引き取りますので。鍵《かぎ》は中からかけられるようになっています」

暗闇《くらやみ》の中玉砂利を踏んでお社の扉の前に立つ。中は五畳ほどの広さで、荼枳尼天の祀られている小さな祭壇がある。部屋の中央に布団が敷いてあり、四隅に置いてある行灯《あんどん》の仄《ほの》赤《あか》い光が神秘的に周囲を照らしている。

二人を案内し、着替えを運び終えると、「ではまた後日」と逃げ出すように宮司は去っていった。

「よほど怖いんですねぇ、オタキ様が」

「オタキ様っていうか、意味わかんねぇことする俺たちが怖いんじゃねぇの」

そうかもしれませんね、と雪也は笑う。

初めて足を踏み入れたお社の中をぐるりと観察するが、祭壇以外にはこれといったものもなく、やや拍子抜けした感がある。

ただ四方の壁には天井近くにぐるりと囲むように狐の面が飾られており、それが気味が悪いと言えば悪い。ここは稲荷神社なのでこういったものがあっても何らふしぎではないのだが。

「こんなところに女の人が一人でいたら……怖いよなぁ。俺だって一人ぼっちだったら無理だ」

「そうですね……神々の祝福を受ける、ということでしたが……」

花嫁たちはどんな心地で一夜を明かしたのだろうか。明日の式のことを考えて幸福に胸を膨らませていただろうか。それとも、不安の中で長い夜を過ごしたのだろうか。

雪也は祭壇をためつすがめつ眺めていたが、何もないとわかると布団の上に腰を下ろす。

「こんな小さな空間では、他には特に何も置けませんしね……本当に花嫁が一晩寝るだけの場所だったのでしょうね」

「うーん……拍子抜けだな。何かもっとすごい秘密ありそうだったのに」

「ちょっと期待し過ぎましたかね」

今のところ怖いオタキ様はやってこない。お社の外で微風《そよかぜ》にさやさやと鳴る木々の音が聞こえてくるだけだ。

散々怖がっていた映だが、次第に余裕が出てきた。後は日が昇るのをここで待っていればいいだけだ。何の発見もないのは虚しいが、怪奇現象が起こるよりはよほどマシである。

「しかし……俺たち、とうとう結婚式を挙げたんですね」

ふいに、やけに感慨深そうに雪也が呟《つぶや》く。

「へ？　……いや、あれはただのふりだろ」

「ふりでも結婚式は結婚式です」

「そういうもん？」

何だか面倒なことを言い始めたので適当に流す。衣装までわざわざ取り寄せた時点で、雪也がただの実験以上にこの儀式に乗り気だったことは明らかだが、この張り切りぶりはちょっと引く。

「ということは、今晩は初夜なわけですね」

「そう来るか……え、ていうかマジで？　まさかここでか？」

布団の上で迫り来る雪也に映は驚く。オタキ様云々《うんぬん》を抜きにしても一応ここは神聖な場所ではないか。もちろんそういうことを一切気にしない男であることも知っているが。

「そうですよ。白無垢の映さんがエロ過ぎてもう我慢できません」

「ええ……清楚《せいそ》とか神々しいとかじゃなくてか」

「映さんが着れば何でもエロいんですよ」

「それもう白無垢関係ないじゃん」

すでに袴の下をギンギンに盛り上がらせているのが薄暗い中でもわかってしまう。こうなったらもう止まらない。正直こうなる予感はあったものの、映の予測よりもだいぶ展開が早かった。

雪也は穴が空きそうなほど映の全身を凝視し、恍惚《こうこつ》として頬《ほお》を火照《ほて》らせ、ほうとため息をつく。

「綺麗《きれい》です、映さん……俺は今猛烈に感動しています」

「勃起《ぼっき》しながら泣きそうになるのやめろ」

「だって花嫁ですよ？　白無垢ですよ？　もう感動しちゃいますよ……とうとう映さんが俺の妻に……」

「妻じゃないから。あ……でも『夫』と書いて『つま』とも読むんだっけか」

「もうどっちでもいいです。俺はとにかく、映さんが白無垢を着てくれたことにものすごく感動しているんです。俺を夫として受け入れてくれたんだと……」

「いや……だから、これ実験だし……別に……」

あまりに雪也が感極まっているので、こちらも何だか妙に恥ずかしくなってくる。

（そりゃ、花嫁衣装着てやったのは、雪也とならいいって思ってるからだし……でもこんなことでいちいち感激するなんて、俺の気持ち全然伝わってなかったってこと？）

それはそれでなかなか悲しい。というか、これは自分が反省すべき点だろうか。

何しろ、雪也の方が常に好き好きと迫ってくるもので、自分もだと同じ熱量を示す機会がほとんどないのである。

相思相愛であると確認し合ったはずと思っていたが、それは何度も証明しなければいけないものなのかもしれない。

「そりゃ……さ……相手が雪也だから、着てんだよ、これ。雪也じゃなきゃ花嫁の格好なんか絶対にしねぇし」

「ほ、本当ですか映さん……」

「当たり前だろ。あんたなら……何だって着てやるし、何にだってなってやる。言わなくてもわかれって」

「う、うう……俺は今、めちゃくちゃ幸せです、映さん……俺が夫で、映さんが妻……実際夫婦になったたってことが本当に嬉しいんです！」

だから実際じゃねぇって、とツッコミを入れる前に唇を奪われる。紅の移った雪也の口元を拭《ぬぐ》ってやりながら、すでに臨戦態勢の雪也に思わず笑う。

「あんた、マジで獣だな……もしバレたら宮司さん心労で死ぬぞ」

「大丈夫ですよ、衣装は回収しますし。痕跡《こんせき》は残しません」

白無垢を汚す気満々である。ここで男同士セックスなどしてしまえばいよいよオタキ様も怒髪天《どはってん》――となりそうなものだが、どういうわけかここにきて映はまったくそのことを恐れなくなっていた。

早々に息の荒くなった雪也の興奮に当てられて、映もその分厚い肩にしがみつき、情熱的に口づけを交わす。

（あ……何かヤベェ。結構興奮する……）

これまでコスプレなど散々経験はあるが、さすがに本格的な花嫁衣装での行為は初めてだ。そもそも、普通に白無垢でセックスをする状況など、本物の新郎新婦でも皆無である。

上質な絹の擦れ合う音が悩ましい。羽織袴姿で映の帯を解いている雪也を見ていると、まるで本当に新郎新婦の初夜の儀式を行っているような気分になってくる。

「なかなか、これ、難しいですね……映さんの普段の帯と違うし」

「そりゃそうだろ。男物は単純だもん。ちょっと待って……」

帯に四苦八苦する雪也を手伝いながら、妙に淫靡《いんび》な衝動が込み上げる。

これは一体何なのだろう。三三九度の酒に酔ったわけでもない。ただ、この狭い空間で、荼枳尼天の祭壇を枕《まくら》に、怪しい狐の面に見守られながら、新郎新婦の姿で行為をすることが異様にエロティックに思えるのだ。

（荼枳尼天はそもそも性愛の神でもある……神は国や時代によって様々な進化を遂げるもんだ。荼枳尼天のその性愛の一面を信仰した古い宗教もあった……）

そのせいなのか、この社にはまるで荼枳尼天の気が満ち満ちているかのように、濃厚な空気が籠《こ》もっている。その靄《もや》に搦《から》め取《と》られるように、二人は夢中で着物を脱ぎ、肌を擦《こす》り合《あ》い、性器を刺激し合って昂《たか》ぶっている。

「あっ……ひ、ぁ……、あぁ……」

「はぁ、はぁ、あ、すごい、映、さん……」

雪也の大きなものを受け入れてひとつになると、途轍《とてつ》もない快楽に打たれて、一瞬映は気を失いそうになる。

最初からこんなに大きな絶頂を迎えるのはほとんどないことで、戸惑いながらも官能の海に惑溺《わくでき》してゆく。

「は、あ、ふぁ、あ、何か、ヤバい、あ、はぁっ、あ、あ」

「これが……神々の、祝福ってやつ、なんですかね……俺も、おかしいです……く、あ、はあ、あぁ」

雪也も早々に高まり、映の中でいつの間にか達している。

二人は婚礼衣装を濡《ぬ》らしながら、襲いくる衝動に唆《そそのか》されるままに絶え間なく動く。潤滑油をめちゃくちゃに掻《か》き回《まわ》す雪也の男根はいつも以上に漲《みなぎ》り、映の熟《う》れた肉壁を捲《めく》り上《あ》げながら最奥《さいおう》をひっきりなしに刺激する。

白無垢の袖《そで》を中途半端に腕に引っ掛けたまま、映は雪也の羽織を掻《か》き毟《むし》り、汗みずくになって甘い声を上げる。

「はぁ、ふぁ、は、ひぃ、あ、あぁ、雪也ぁ……」

「あ、映、さん……すごい、いいです……頭が、おかしくなりそうだ……」

二人とも酩酊《めいてい》状態になったように法悦に溺《おぼ》れている。呼吸まで呑み込むように舌を啜《すす》り合《あ》い、ぐっちゃぐっちゃと濡れた音を立てて粘膜を擦り合う。

雪也が一層深く潜り込み、映の直腸の奥にぐっぽりと太い亀頭《きとう》をはめ込み小刻みに腰を回すと、怒濤《どとう》のような絶頂感に押し流され、映は雪也に口を吸われながらガクガクと痙攣《けいれん》した。

「んっ、んぅぅう、うぁ……、はぁぁ……っ」

「くぅ……っ、や、ばい、絞られる……あ、あぁ……」

雪也もそのまま映の腹の奥で放出し、映は夢見心地で震えながら体液をほとばしらせた。

丁寧に施された化粧は無残に散らされ、剝《は》げた白粉《おしろい》やはみ出した紅がまた、乱れた花嫁を卑猥《ひわい》に見せる。

映は立て続けのオーガズムの中で漂いながら、壁にかけられた狐の面をぼんやりと視界に映した。

白狐《びゃっこ》は荼枳尼天の眷属《けんぞく》だ。動物のようにまぐわう二人を見下ろしながら、狐の面はしっとりと微笑んでいるように見える。

そう、ここは交合を否定する場所ではない。神々は交わりを尊び、励まし、それをもって祝福とするのではないか。

結婚、子孫繁栄、家内安全——そのご利益で有名なこの神社が、交わりを拒むはずがない。

「映さん……またイってるんですか、映さん……」

「ん……、は、あぁ……イってる……もうずっと……ずっと気持ちいい……」

全身が蜜《みつ》のように蕩《とろ》け、皮膚は甘く痺《しび》れている。気づけばお社の中いっぱいに乳色の靄がけぶっているような錯覚すら覚え、その怪しい粘ついた空気は鼻孔の奥にするりと忍び込み、脳髄を麻痺《まひ》させ忘我の極みに押し流す。

「はぁ、ひぃ、あ、いぃ、いい、あ、雪也、雪也……」

「くっ、あ、は、あ、映さん、俺も、また出る……」

「出して、たくさん出して、中に……は、あ、あぁあ」

着崩れた羽織袴のまま本能のままに動く雪也。ぐちゃぐちゃになった映の中に何度目かの精を放てば、映は死にそうな声を上げて白無垢を濡らす。

まるで淫夢《いんむ》の中をさまよっているようだ。終わりがないかのようにいつまでもいつまでも耽《ふけ》っている。

雪也は疲れを知らず映を揺すぶり、映は連綿と続く絶頂の渦に揉《も》まれて呑み込まれる。

「いいですか、気持ちいいですか、映さん」

「いぃ、いいよぉ、は、あ、全部いい、は、も、らめ、おかしくなるぅ」

やがて言葉もなくただ二人は喘《あえ》ぎながら交わり続ける。乳色の帳《とばり》の中で荼枳尼天と狐たちに見守られながら、精を絞って汗に濡れ、歓喜の戦慄《わなな》きに支配される。

ろれつも怪しくなってきた舌で雪也と口づけを交わしながら、映は意識も次第に曖昧《あいまい》となり、深々と無限の法悦境に沈み込んでいったのだった。

＊＊＊

甘く、芳《かぐわ》しい蜜のような香り。

映は全身をぬるま湯のように包み込む快楽にうっとりと浸っている。

外からドンドンと太鼓を打ち鳴らす音が聞こえる。それに呼応するように心臓が熱く脈打ち、息が荒くなってゆく。

（……あれ？　何だ、これ……体、動かねぇ……）

ぼんやりと濁った視界には、複数の狐の面が浮かんでいる。だが、よく見るとその面の下には男の裸体があった。

一人、二人、三人……入れ替わり立ち替わり、様々な淫具を使って映の肉体を愛撫《あいぶ》し、そそり立て、犯す。

（え……どういうこと？　雪也、どこ？　俺、何で複数にやられてんの……？）

気づけば映の体は女になっている。乳房を揉まれ乳頭を吸われ、全身を脂っぽい指で撫《な》でられながら、ずぶ濡れの膣《ちつ》に入れ替わり立ち替わり様々な男根が侵入してくる。

狐の面をかぶった男たちは、『孕《はら》め、孕め』と呪文《じゅもん》のように呟きながら、映の子宮を精液で満たしてゆく。

（や、やめろ……、触るな、もうやめろ……）

逃げたくても指一本動かせない。おぞましいのに愛液はあふれんばかりに漏れて抽送を助けてしまう。子宮口を重々しく突き上げる亀頭。全身を突き抜ける得も言われぬ快感。子壺《こつぼ》に次々に注がれてゆく子種。

このままでは本当に孕んでしまう。誰の子かもわからぬ命が宿ってしまう。

『孕め、孕め……』

規則的に腰を振る男たち。むせ返るような精液と甘い香りに満たされたお社。射精の度に獣のような声が響き渡る。それを掻き消すように打ち鳴らされる太鼓の音。生温かな体液で満たされる腹。映の意思とは無関係に絶頂に達する肉体。

ほとばしる汗を布団が吸い込む。男たちは淫具を自身にはめてまでおえ返らせ、映の股《また》に埋没させる。ぐっちゃぐっちゃと音を立てて硬いものが出入りする。前後不覚のまま映は何度も絶頂に飛ぶ。

『孕め、孕め……子を孕め……』

（やめろ……もうやめてくれ）

声にならない声で絶叫する。狐の面をかぶった男たちは一晩中映を犯し続ける。勝手に甘い歓喜の声を上げる喉《のど》。エクスタシーに溺れ精液で満たされる子宮。

『孕め、孕め、孕め……』

「めろ……、やめろぉ……っ！」

突然、声があふれた。

ハッとして目を覚ます。荒い息が冷たい空気を揺らしている。

「映さん……？　どうしたんです」

雪也が目を丸くして身を起こす。映は汗びっしょりになって硬直し、しばらく動くことができなかった。

「具合でも悪いんですか」

「……いや……怖い夢、見て……」

「オタキ様ですか？」

「違う……、だけど……」

映は半身を起こしてかぶりを振る。あまりにもおぞましい悪夢に、まだ寒気が抜けない。

「今、何時……？」

「もうすぐ四時になりますが……」

「もう、ここ出たい……気味わりぃ……」

「そうですね……そろそろ人の気配も出てくるかもしれませんし」

雪也も着替えるために身を起こす。映はまだ心臓がバクバクとうるさく鳴っていて現実感がない。

(何だったんだ、今の夢……)

壁の狐の面が印象に残ってあんな夢を見てしまったのだろうか。それにしてもあまりに鮮明で、ただの夢とは思えなかった。それこそ『オタキ様』に見せられたのだろうかと思えるほどの、ひどく具体的で生々しい感覚。

「雪也……何か、夢、見た？」

「え、夢ですか。いえ……何も」

ということは自分だけがあの恐ろしい悪夢を見たということか。

花嫁だからか？　白無垢を着ていたからか？

壁の狐の面を見てぶるりと体が震える。まさか、あの面は実際に使われたものだったのだろうか。

早く、ここを出なくては。本能的な恐怖に駆られ、映は喉の渇くような切羽詰《せっぱつ》まった衝動を覚える。

まだ夢の感触が残っている痺れた体で立ち上がろうとすると、足下がぐらついて祭壇に倒れ込んでしまう。

「あっ、大丈夫ですか」

雪也が慌てて映を抱きとめるが、そのとき祭壇を蹴《け》りつけ、案外甘い造りだったと見えてその拍子に横倒しになった。

「うわ、やっべ、壊した……?」

「いえ、倒しただけですが……これは……」

そのとき、祭壇の後ろに二人は妙なものを見つけた。隠し棚のような扉がある。

無言で顔を見合わせ、雪也が恐る恐る手を伸ばす。扉に鍵はかかっておらず、軋《きし》んだ音を立てて容易に開いた。

そしてそこにあったのは、映が夢で見たものと同じような、時を経て古びた淫具の数々であった。

オタキ様

映《あきら》と雪也《ゆきや》は一度村を出て、間宮《まみや》に教えてもらった最寄りの図書館にいた。

戦後の北天村《ほくてんむら》であった何かしらの事件の記事を二人で黙々と探している。

「え、図書館？」

調べたいものがあるからと間宮に問うと、間宮はふしぎそうな顔をしながらもいちばん近くにある大きな図書館を教えてくれた。

「結局、お社での実験はどうだったんだ」

「大体の推測はできた。だから、それを裏付けるための情報を探しに行く」

「図書館で見つかるのか？」

「うん。昔の新聞なんて普通家には取っておかないだろ？　図書館には多分あると思うし
……」

ああ、そういうこと、と間宮は頷《うなず》いた。また間宮の祖母に聞いてみてもいいが、悪いことはすべて忘れてしまうという状態ならば、昔あった北天村の事件のことも忘れてしまっ

に出る。

ているだろう。他の老人たちに聞いても決して答えてくれないことはわかっている。

朝から雪也と調査を始めて数時間。バイブにしていた携帯がブルブルと震え、慌てて外に出る。

「もしもし？」

『映ぁ～!! 一体今どこにいるんだ!?』

ガックリと膝《ひざ》をつきそうになる。

兄の拓也《たくや》がなぜこんなときに電話などかけてくるのか。

「母さんたちに聞いてないの？ 俺、今依頼で福島に来てる」

『何だか長くないか!? もっと早くに帰ってくると思ってたのに、どうしてこんなにいないんだよぉ！ 兄ちゃんの映メーターはもう底をつきそうです！ 早く補給しないと生きていけません！』

「じゃあその辺で倒れといて。それじゃ」

『待って待って！ なあ、美月《みつき》の誕生日までには帰ってくるよな？ そろそろプレゼント考えなきゃいけないから映に相談したかったんだよぉ！』

ああ、そういえばもうすぐ妹の美月の誕生日か、とはたと思い出す。六月の初めなので確かに日が迫っている。

「無難にアクセサリーとかでいいんじゃないの？ ピアスとかネックレスとか」

『でも俺センスないからさ……福島って確か赤べこだよな？　可愛《かわい》い赤べことかないの？』

「……あったとしても美月が喜ぶかはわかんないぞ」

『あっ、薄皮饅頭《まんじゅう》！　有名だよな、買ってきてよ！　美味《おい》しいし！』

「それただのお土産《みやげ》じゃん。ってかアニキが食いたいだけだろうが」

『もういっそ俺がそっち行きたいわ！　映まだかかるんなら俺行っていい？　はっ！　喜多方ラーメン！　喜多方ラーメンを映と食べたい！　旅先の見慣れぬ景色！　温かいラーメン！　近づく心!!』

「はいはい買って帰るから大人しく待ってろ。仕事中だから、それじゃ」

まだ何か喚《わめ》いていた拓也を無視して通話を切る。ドッと疲れが押し寄せ、映は大きくため息をついた。

これはなるべく早めに片付けて帰らなければ本当にこちらまで押しかけてきそうな雰囲気である。

探しものもさっさと終わらせなければと、足早に雪也の元に戻る。

「誰でした？」

「アニキ。いつもの感じ」

「ああ……はい」

それだけで通じてしまうのも何だが、つまり兄の拓也は常にイメージを裏切らないのである。

短い会話を終え、再び黙々と調べる作業に戻る。

やがて昼過ぎになり、ふいに雪也が小さくあっと声を上げた。

「何、見つかった?」

小声で訊《たず》ねると、雪也は手招きする。

その記事は昭和二十五年のものだ。日付は六月五日。

小さな記事だが、内容はなかなか凄惨《せいさん》なものだった。

『四日朝、北天村の佐藤実《さとうみのる》(二十五)宅にて妻やす子《こ》(二十二)が死亡しているのが近隣住民によって発見された。やす子は青酸カリ中毒死であり、夫の実が犯行を自供……』

どうやら死体が発見されたその日に夫が妻殺しを自白したようである。狭い村のことなので誤魔化《ごまか》し切れないと思ったのだろうか。記事は小さな村の事件のためか、淡々と事実を羅列し終わっている。

「浮気を疑った夫が妻を殺した……という事件ですね。はっきりと北天村と書いてある」

「子どもが村長に似てきたから、って理由か……戦時中、自決用に持たされた青酸カリを復員の際に持ち帰って、それを使った……」

多分これですね、と言う雪也に頷く映。遡《さかのぼ》って数年の事件を調べたが、北天村で他に新聞記事になったものはなかった。その新聞のコピーを取り、二人は村へと戻る。

ずっと気になっていた。なぜお社《やしろ》で花嫁が一夜を明かす儀式が途絶えたのかと。

時代の流れといえばそうなのかもしれないが、そこには何かきっかけがあったはずである。そして、お社での儀式が何だったのかという推測がついた今、何か確証が必要だった。

村に帰り着き、再びオタキ様の元へ行く。社務所にいる宮司を訪ねると、他人に話を聞かれては大変と思ったのか、すぐに応接間へ通される。

「いや、昨夜はいかがでしたか。大丈夫でしたか」

「ええ、何もありませんでしたよ。誰も来ませんでしたし、特におかしなことは起きませんでした」

「そ、そうですか……。よかった」

ホッと胸を撫《な》で下《お》ろした様子の宮司に、映と雪也は顔を見合わせる。何かがあると思っていたのだろうか。それとも、ただ他の村人に露見せず安堵《あんど》したということか。

「あの……それで、ちょっとお伺いしたいことがあるんですが」

「はい、何でしょうか」

「かつての結婚式の前夜の儀式を戦後まもなくやめることになった理由ですが、恐らくこれのことですよね」

図書館で取ってきたコピーをテーブルの上に滑らせる。最初怪訝《けげん》な顔でその紙を見つめていた宮司の顔が、次第に強張《こわば》ってゆく。

「これは……確かに、この村で起きた事件のようですが……儀式とは何の関係も」

「この記事にある通り、佐藤実は、妻のやす子との間にできたはずの子が、次第に当時の村長に似てきて気を病《や》み、やす子に毒を盛ったと供述しています。妻の浮気を疑ったんでしょうが……この村の儀式が途絶えた時期のことを考えると丁度合致しますし、この事件がきっかけだったのではと」

「な、なぜです。これは単純に夫婦の諍《いさか》いの話では……儀式がなぜ関係あるというんです」

雪也の説明に目を白黒させている宮司の狼狽《ろうばい》ぶりはあからさまに疑惑を肯定していたが、さすがにまだそのまま認めることはしない。

映は携帯を取り出し、昨夜撮影した画像を突き出して見せた。

「これ、あのお社の祭壇の後ろにあったものです。ご存じ……ですよね」

そこにはあの古びた淫具《いんぐ》の数々が写っている。宮司はあっと声を上げ、さすがに色をなくした。長らく使われていなかったために、隠し棚のことを忘れていたのだろうか。それとも急な要請で取り出す暇がなかったのだろうか。

何にせよ、映たちが一夜を過ごす前に回収しておかなかったのは、明らかに宮司の失態だった。

「荼枳尼天《だきにてん》が祀《まつ》られているのを見たときから、この神社でのご利益も相まって、俺は少し妙な想像をしていました。子宝に恵まれると評判の神社……お社に一晩、花嫁だけが泊まるという儀式。……思い浮かんだのはかつて存在した信仰です。荼枳尼天を祀った鎌倉時代《かまくらじだい》の教え、ご存じですよね」

宮司の痩《や》せた喉《のど》が大きく動く。畳み掛けるように映は続ける。

「それは男女の性愛の法悦の中にこそ即身成仏の境地があると説いた、いわゆる邪教と呼ばれるものでした。髑髏《どくろ》を用いた儀式でいかにも怪しく、あちこちで随分流行《はや》りましたが弾圧にあって消滅……それがもしかするとこの山間の村でも流行していた時期があったのでは、と考えたんです。そして、その名残がここにはまだ染みついていた……」

「いいえ……いいえ……いいえ！」

宮司は何かを振り切るように頭を振る。

「ここはあの髑髏本尊の教団とはまったく違います。確かに、残っているものはあるかもしれませんが……もうご想像がついていることでしょうからお話ししますが、花嫁の儀式には切実なものがありました。それは宗教的というよりもこの地域特有の問題だったのです」

とうとう観念し、宮司は詳細を語り始める。何も知らないと言っていたのはやはり嘘《うそ》だった。よそ者に明かすことなどできない内容だったからこそ、秘めていたのだろう。

「この村は現在もそうですが決して栄えているとは言えず、住民の数も昔から少ない場所でした。山間の不便な土地に加えて豪雪地帯。作物もろくに育たず人も増えず……更に疫病で子がなかなか生まれなくなったのです。高熱を出し男たちの体に異変が生じた。他村へ嫁いだ女たちに子ができていることから、これは男の方に何か問題が生じたのだと思われました。もちろん全員というわけではありませんが」

「それで、儀式が始まったんですか。数撃ちゃ当たると……花嫁を、複数の男たちが犯す儀式が」

宮司は押し黙り、沈黙することで肯定した。

（やっぱり、あの夢は本物だったのか……）

狐《きつね》の面をつけた男たちに代わる代わる犯される悪夢。あまりにリアルであまりにおぞましく、そしてあまりに映が想像していたことに似通っていたので、どうしてもその夢をあのお社で見たことが偶然とは思えなかった。

「戦時中は男たちが兵隊に取られ、更に人は減りました。激戦地に送られた村人たちが多く、戻ってくる者も少なかった……だから戦後も数年この儀式は続きました。もはや定着していてこの村ではそれが行われることが普通になっていた。必ず子を成《な》すようにと……花嫁には薬物を含ませ、意識を朦朧《もうろう》とさせて……ことが円滑に進むようにと、あらゆる手段が取られました。狐の面は男たちにも誰が誰なのかを認識させないためです。その儀式の際の彼らは、荼枳尼天の使いという『神』そのものでなくてはいけませんでしたし……」

それが『神々の祝福』の正体だった。何という祝福だろうか。予想していたとはいえ、実際にその事実を知っていた者の口から語られるのはひどく生々しく、寒気を覚える。

「現代では考えられない非人道的なやり方ですね……確かに効率でいえば相性もあるでしょうし妊娠する可能性は高まるかもしれません。しかし、こんなことを村人全員が認めていたというんですか」

雪也の問いに、宮司はいいえ、と否定する。

「村の重役たちはもちろん知っていましたが、村人全員というわけではありません。狭い村のことですから、何となく皆何が行われているのかは察していたでしょう。子が夫よりも他の村の男に似ているということもままあったでしょうし……。しかし、まったく知らない者もいた。あなた方の言う通り、儀式を取りやめたきっかけはその新聞の事件でした。その男は、儀式の内容を知らなかった。だから単純に、妻が村長と浮気をしたのだと思い込んだわけです」

「それでようやく、その風習の危険性に気づいて、取りやめることになったんですね」

一連のことを喋《しゃべ》り終《お》えたからか、ぐったりと疲れた様子で宮司は頷いた。

「当然、時代が変わってきたという流れもありました……アメリカの支配下に置かれ、若者も奔放になり、自由な思想がもてはやされた。それに、温泉も出て観光業という産業が生まれ、外部の人間がやってくることも増えて、そんな風習を残しておける時期ではなくなったと皆感じ始めていましたから……」

「儀式がなくなり、形式だけのものになった、と。しかし子孫繁栄などのご利益の噂《うわさ》は残ったというわけですか」

「ええ……。ただ、新聞に載ったその事件以来、儀式で生まれた子は差別を受けるようになりました。今までは村全体の子として愛されていたものでしたが……殺人事件などが起きてしまって、皆ガラリと気持ちが変わってしまった」

「差別、ですか……自分たちの儀式で作った結果だというのに？」

「今までは村に福をもたらすものと見做《みな》されていたものが、災《わざわ》いを呼ぶものに変わってしまったんです。理不尽に思えるかもしれませんが、こういった狭い社会ではそういう空気というものは伝染しやすく、一気に広がってしまうんです」

この村での情報の広がりやすさは、映たちも身を以《もっ》て知っている。いちばんの被害者は何と言っても母親と子どもだろう。誰も望んで狐の面の男たちに犯されたくはないし、何も知らずに生まれてきた子どもも、出自だけで差別を受けるとは理不尽極まりない。

「どうか……この話はくれぐれもご内密に……」

縋《すが》るような目で哀願する宮司に、映は「もちろんです」とにっこりと微笑《ほほえ》む。

宮司に事実を確認し、ここにいる意味もなくなったので、映たちはすぐに切り上げ宿に向かった。

愛守神社《あいもりじんじゃ》の石段を下りながら、この神社に対する印象は数日前に初めてやってきたときとはまったく異なるものとなっている。

「村の風変わりな因習というものは結構存在するとは知っていましたが……ここのものはなかなかでしたね」

「確実に子を産むため、か……。中世ヨーロッパじゃ『初夜権』なんてもんもあったらしいけど、あれとは全然性質が違うよな」

「ああ。権力者が新婚の妻との初夜を夫よりも先に得ることができるというやつですか」

「あれは完全な支配欲っていうか、ここの実用的な意味合いとはまた別の気色悪さがあるけどな。女の人権がないって点じゃ同じだけど」

「ただすぐに妊娠する確率を上げるためだけによってたかって犯すなんて、神々どころか鬼畜の所業ですよ。それに、その性質からして式の前夜だけにとどまらなかったようにも思います。なかなか子ができなければ、再び繰り返されたんじゃないですか。恐ろしい風習もあったものです」

「しかも事件後は差別されるようになったとか、どういう踏んだり蹴《け》ったりだよ……あの事件の頃じゃまだ今も生きてる人たち普通にいるだろうし」

宮司はご内密にと言ったが、その頃の人間がまだ生存している以上、儀式の内容も差別的な空気も人々の間に残っているはずだ。

それにしても、儀式で狐の面の男たちの誰かの子を産んでしまった者と、夫の子を産んだ者の差はどのようにして見分けるのだろうか。やはり、顔が似ているかどうかということか。

昔は当然ＤＮＡ鑑定もないし、はっきりとした事実はわかりようがない。ただ、浮気を疑って殺人事件が起きてしまったように、そうと確信するほど似てしまう場合もあるだろう。

（あれ……？　ってことは……）

はたと映は立ち止まる。

もしかすると、そうなのかもしれない。小さな違和感が少しずつひとつの答えとしてまとまってゆく。

「映さん？」

急に歩かなくなった映に、どうしましたかと声をかける雪也。

「ちょっと、確かめたいことができたんだけど……間宮に連絡していい？」

「ええ、もちろん。あ、何か事件のこと、閃《ひらめ》きましたか」

「直接関係あるかはわかんねぇけどな」

　少なくとも、確かめてみる価値はあるだろう。靄《もや》のかかった暗闇《くらやみ》が次第に明るくなってくるのを感じて、映は久しぶりに探偵仕事の心地よさを思い出したのだった。

＊＊＊

「何ですか、直接聞きたいって」

　舞田佐知《まいたさち》は不満げな顔で家の縁側《えんがわ》に腰を下ろした。

　夕暮れの庭の青葉に佐知の白いワンピースが映えて、まるで絵画のようだ。今日も相変わらず、白狐《しろぎつね》のように美しい。

「大地《だいち》づてで聞いてと言ったのに。わざわざうちまで来てもらわなくても」

「いえ、毎度ご足労いただくのも悪いですし、それにどうしても直《じか》にまたお話ししたいと思ったので」

　舞田家は何の変哲もない一軒家だった。仕事から帰った佐知が突然やってきた二人に驚きつつ家に入れようとするが、ここでいいと縁側で話をする。

「別に、いいですけど。前も言ったけどあたしよく思われてないので、ここにあなたたちが来ることで何か言われても知りませんよ」

「構いませんよ。俺たちは所詮《しょせん》はよそ者です。それだけで最初から色眼鏡《いろめがね》をかけて見られていますし、ここにずっといるわけじゃありませんから」

「……それもそうですね」

佐知は微《かす》かに笑う。少しだけの笑みだがそれはハッとするほど美しく、佐知のその笑顔が滅多に見られないことに映は悲しみを覚えた。

「今日は何を調べていたんですか」

「オタキ様の神社のことですよ」

「へえ……何かわかりましたか」

「ええ。結婚式の前夜の儀式のことです」

ああ、あれ、と佐知は横を向いて片頰《かたほお》で笑った。

「随分古いことを調べているんですね。今はもう残っていないっていうのに」

「でも、蘇《よみがえ》ることもあったんでしょう？　水面下では残っていた……そうじゃありませんか、佐知さん」

佐知は静かな目で映を見上げる。

「あなた……何を知ってるの？」

「いいえ、知ってるわけじゃありません。ただ、そうじゃないかなと思っただけで」

「想像だけ？　確信じゃないの？」

「ほぼ確信には近いです。でも、あなたの答えを聞くまでどうかわからない」

二人は見つめ合う。佐知の目には相変わらず何の感情も見えない。暴くなら暴け。そう言っているように見えて映は内心気後れする。けれど、確認はしなくてはいけない。疑念を疑念のままで終わらせられる性分ではないし、今日はそのためにここへ来たのだから。

「佐知さん。あなたは、オタキ様のあの儀式で生まれたんじゃないですか。秘《ひそ》かに残っていた、花嫁の儀式で」

「ええ、そうですよ」

佐知はあっさりと認めた。

「やっぱりその話か。よくわかりましたね、驚いた。一体どうやって？」

「まず、宮司さんが、あの儀式で生まれた子は差別されると言ったことです。そして、僕はあなたと間宮がとてもよく似ているなと最初から感じていた」

特に目元がよく似ていた。涼しげな美しい瞳《ひとみ》。

そしてその目は、どちらも間宮の父親、武郎《たけろう》によく似通っていたのだ。

「あなたたちは……腹違いの姉弟《きょうだい》なのではないですか？」

「そういうことね」

何の躊躇《ためら》いもなく、佐知は肯定する。

「大地はこのことを知らない。ただ、似てるってずっと言われてきて、大地もあたしに懐いちゃって、何か本当に弟のような気がしてきて……小さい頃から妙なことを言われ続けてきたけど、実際に親からはっきりと聞いたのは中学校に上がる直前の頃だった」

「儀式のこと自体は元々知っていたんですか」

「何となくね。あそこの家のおばさんはあれで生まれたとか何とか、そういう話はずっと聞いてたから」

「でも、どうして現代にわざわざ儀式を？　一応形式的には途絶えたはずですよね」

「うちの母親の家系、代々男によくない気質を持った子どもが生まれるの。しかも男系で……母親は珍しく生まれた女の子だった。それで、それを知った父親の親族が、あの儀式をやることを勝手に決めたわけ。相手は、女系の家の男たち限定で」

そんなやり方もできるのか。もしかすると、昔からそういった選別はされてきたのかもしれない。儀式を行っても必ず孕《はら》むわけではなかろうが、それでもよい組み合わせというものを考えて相手の男たちは選ばれてきたのだろう。

そういえば、間宮の家は女系だと言っていた。それで武郎も『神々』の一人に加わったのだろう。

「何で結婚したんだろうね。狭い村だから知ってただろうに、当時は父親が夢中だったみたいで半ば無理やり籍を入れちゃったんだって。でも、結局儀式があったことが村中にバレて、両親の関係は早々に冷え切って父親は外に女がいるよ。自分の親族が要請した儀式のせいで離婚なんてさすがに人格疑われるから別れはしないけど、あたしのことなんて見向きもしない。自分の子じゃないいんだしね。母親もあたしを見るのが辛《つら》いみたいだし、こ
こであたしを慕ってくれてたのは大地だけ。でも、大地も悪いこと言われたら可哀想《かわいそう》だか
ら、あたしから距離を置いたの」

かける言葉が見つからない。まだ幼い頃からこんな扱いを受けていれば、自分を守る鉄
壁の性格になるのも無理はないと思った。

「それで？」

「はい？」

「あたしが儀式で生まれた子で、皆に嫌われてる理由がわかって、それでどうするの？」

「それは……今調べていることに関《かか》わりがあるかもしれないので」

「じゃ、まだ他の村人にも色々聞いてまわるってことよね」

そうなりますね、と返すと、佐知は憐《あわ》れみを込めて二人を交互に眺める。
「この村で本当のことを話してるのはあたしくらいよ。他は皆嘘つき。恥ずかしいことは
よそ者には喋らない。だから村人を調査したって無駄だと思うのよね」
「それでも……嘘の中にもヒントはあります。この村の人々に限らず、人は何か守りたい
ことがあるときに嘘をつく。その上で推測して真実を導き出すんです」
「ふーん……何か本格的。まるでプロの探偵さんみたいだね」

佐知の言葉にぎくりとする。そういえば映たちも身分を明かしていない。村人たち同様に嘘つきということだ。

佐知に本当のことを明かしても恐らく問題はない。他の村人に探偵だなどと喋ればあっという間に広がってしまうだろうが、彼女は決してそういうことは吹聴しないだろう。というよりも、さほど映たちに興味がないに違いない。

あまり外で話し込むわけにもいかず、佐知に事情を確認した後、映たちはすぐに宿へ引き返した。

「それにしても……ひどい話でしたね」

「ああ。佐知さん、随分と理不尽な環境で育ったみたいだな……」

「それでも出ていかないだなんて、ちょっとすごくないですか。真っ先に飛び出して他へ行った方が絶対に幸せになれるのに。少なくとも、ここで暮らしているよりは」

雪也の言うことももっともである。しかし佐知がそれをしないのはなぜなのだろう。

『ええ。あたし、ここが嫌いです。だから残ってやるんです。絶対他の土地へ行ったりしない』

『村の人たちがあたしを嫌いだからですよ。皆、あたしに出ていって欲しいと思ってる。だから出ていかないんです』

佐知の言葉を思い出す。村人たちへの恨みが深過ぎて、却《かえ》ってここにいることが復讐《ふくしゅう》になると考えたのだろうか。しかしそれは相当な忍耐を伴うに違いない。

「俺なら我慢できねぇなぁ……」

「まあ、彼女の立場を実際体験しないとわからない境地なんでしょうね」

「……あ。そういや、あのこと聞くの忘れた」

「あのこと？」

「雪也が聞き込みしたときにさ、佐知さんが友達カップルの男の方と昔デキてたんじゃねぇかって話」

ああ、と雪也は頷く。

「でも……儀式の話の直後にはさすがに聞けませんでしたよね」

「まあ、そっか。あまりにもデリカシーなさ過ぎか」

「そういえば、連続して被害にあった人たちのことはまだ全然調べていませんでしたよね」

「うん、次はそれやろう。間宮に聞けばそれぞれどこの家かわかるだろ」

オタキ様の神社で行われていた花嫁の儀式の実態はわかった。だが、今回被害にあったカップルたちでそれを行った者たちはいないはずだ。

彼らの共通点を他に探していけば、何か新しいことがわかるだろうか。

（それにしても、間宮と佐知さんが腹違いの姉弟、ね……）

それで佐知に関する悪評は間宮に直接知らされていなかったに違いない。曲がりなりにも姉弟なのだからと、さすがに周りの人間も間宮の前では控えていたのだろう。

それに比べて、実の父親であるはずの武郎の冷淡さが際立つ。神社で佐知を批難していた彼の表情を思い出すと、そこには微塵《みじん》も身内としての愛情などないように思える。

「あの……間宮さんに、佐知さんのこと、話しますか」

雪也が複雑そうな表情で訊ねる。佐知は特に口止めはしなかったが、ここは喋るべきではないような気がする。

「そういうの、俺たちが言わない方がいいと思うな……知るときが来れば自然と知るだろうし……そりゃ、間宮は依頼主だし全部報告するべきかもしんねぇけど」

「そうなんですよね。でも、彼が調べて欲しいのは花嫁の連続事件のことだし……直接関わりがなければ、今は言うべきでないかもしれませんね」

間宮は佐知のことを案じていた。事実を知らなくとも、やはり通じるものがあるのだろうか。現代に蘇った歪《ゆが》んだ儀式のために佐知が差別を受け、そして自分の父親がそこに加わっていたと知れば、間宮の衝撃はいかほどだろうか。

(俺はあいつを悲しませるためにこの依頼を受けたんじゃねぇ……幸せになって欲しいから、受けたんだ)

映は改めてそのことを胸に刻み、友人の幸福のためにこの事件を解決しようと誓うのだった。

＊＊＊

翌日、映から連絡を受けた間宮は、書類を持って二人の部屋を訪れた。

「夏川《なつかわ》に依頼する前から、自分でも調べてそれぞれのカップルの家は把握してたんだ。こっちに帰ってきて親に聞いたりしてわかったこともあったけど、俺にはちょっと法則が見つけられなくて、それでお前にも頼んだんだけど……」

それぞれの名前がリストアップされた紙を見てみると、新郎新婦どちらがこの村出身なのか、どういう家族構成なのかまでわかる。事故の内容も記してあり、ほとんど映たちが調べることもなさそうだと思えるレベルである。

「一応、最初の事故から三年分、北天村で結婚したカップル全部だ。被害にあってないカップルの名前も書き出してある。印がついてるのが、怪我《けが》したり亡くなったりした人たちだよ」

「ありがとう。すげぇな、家族構成までかよ」

「いや、それはついでっていうか。詳しく調べたわけじゃないんだ。普通に知ってることだからさ……ほら、この村本当狭いから。夏川たちが色々調べてくれてる間に、俺も自分でできることやっただけでさ」

映に褒められて間宮は顔を少し赤くする。雪也は二人のやり取りを胡乱《うろん》な目で眺めながら、注意深く紙面を観察する。

「……ほとんどが花嫁の方がこの村出身のようですね。五人中四人だ」

「ああ、そうなんです。まあ偶然だと思いますけど、亡くなったうちの一人はこの村の出でした」

最初に佐知の友人カップルが式を挙げてから三年間。彼らを含めて八組のカップルが結婚式を挙げ、そのうち五組のカップルの花嫁が被害にあい、二人が死亡。

しかし事故の内容を見てみれば、どの花嫁も亡くなってしまってもおかしくはなさそうだ。車道に飛び出たり、駅のホームから落ちたり――どれも事故でなく事件と呼べるシチュエーションである。死んだのも生きているのも偶然なのかもしれない。

「ところで、事故にあっても生きている花嫁は、その後危険な目にあってないのか」

「うん、多分。今のところそういう話は聞かないな……でも皆ここ三年で式を挙げた新婦が危ない目にあってるって知ってるから、今も怯《おび》えてると思う。一人は精神的に参っちゃって引きこもってるって聞いたかな」

「そうか……。村を出ても情報は回るもんなんだな」

「家から連絡がいくんじゃないかな。村ではもう徐々に噂になってきて、今知らない人はいないくらいだし。きっと気をつけろって注意されてるんだと思う」

気をつけろと言われても、都会の人混《ひとご》みに紛れてどんな危険がいつやってくるのかもわからないのでは、引きこもってしまってもおかしくない。四六時中気を張っていろというのも無理な話だろう。

映はそれぞれの家族構成に視線を走らせる。被害にあった者の家族は様々だが、姉や妹など女が多い。

（……女系……？）

その推測が浮かんだ瞬間、映は何とも嫌な心地に包まれる。また女系か。

「間宮。家族構成だけど……それぞれもっと遡って調べられるかな」

「え？　うん、全然簡単だと思うけど」

「それじゃお願いしたい。被害にあった五組、いや、この村出身の四組だけでいいから」

了解、と席を立ちかけて、間宮はふと思い出したように雪也を見る。

「そういえば如月《きさらぎ》さん、ここから近い喫茶店に行きませんでしたか。わりと洒落《しゃれ》た感じで、女の子が働いてる」

「え？　あ、はい、行きましたよ。コーヒーとお菓子、美味《おい》しかったです」

ああやっぱり、と間宮は破顔する。

「そのときそこにいた子たちがはしゃいでました。俳優みたいにカッコイイ人が来てるって。東京の人はやっぱり違うだなんて騒いでましたよ」

「東京の人はって……大げさだなぁ。でも、嬉《うれ》しいです」

「紹介してって言われると面倒なんで、知り合いだとは言いませんでした。こんな田舎《いなか》じゃ如月さんみたいな人が珍しいのでまたうるさくされるかもしれませんけど、適当にいなしてやってくださいね」

間宮が映に頼まれた内容を調べに行くと部屋を出た後、映はニヤニヤして雪也を肘《ひじ》で小突く。

「何だよ、純朴な村娘のアイドルじゃん」

「やめてくださいよ……佐知さんの悪口を嬉々《きき》として喋ってたような子たちですよ。純朴なんかじゃありません」

「まあなぁ。皆そう言ってるから、もう当たり前になってるんだろうな。狭い社会は怖いわ、やっぱ」

よそ者は受け入れず、異物も拒絶する。そう考えると、平家の落人《おちうど》伝説もどうなのだろうか。敗《ま》けて落ち延びてきた落ち武者こそよそ者であり異物で、そんな存在を村人たちは本当に受け入れたのだろうか。

(オタキ様の伝承も、なぁ……綺麗《きれい》にまとまってたけど、ああいう話って大抵裏があったりするんだよな)

しかし、あのお社で見た夢のことを考えると、何らかの力があの神社には働いている。偶然であんな夢を見るはずがない。あれは、あのお社に残された花嫁たちの念が見せたものなのだろうか。

（やだなぁ……こないだの生《い》き霊《りょう》の件といい、もうオカルト関係はたくさんなのによぉ……）

　まさかあの出来事が呼び水になってしまったのではあるまいか。そんな想像をして一人でぶるりと震える。そういうものは苦手中の苦手なのだ。考えたくもない。

「あー、何か気分転換したい。　どっか外出よう」

「どこに行くんですか。山登りでもします？」

「そこまで本格的じゃなくていいって。そうだなぁ、あ、滝行こう、滝」

　最初に軽く間宮に村を案内してもらったときに通り過ぎた滝だ。確か日本の滝百選にも選ばれているなかなか有名な滝だった。

「ああ、平条《へいじょう》の滝《たき》とかいう……」

「滝ってマイナスイオン出てるっていうじゃん？　ちょっと足延ばしてみようぜ」

　ここのところ調査ばかりだったので雪也も「そうですね」と同意する。

　元々怪しい気配は感じていたが、あのお社で一夜を過ごして以来、どうも何かが身内に籠《こ》もっているような感覚がありすっきりしない。あんなリアルな夢を見るほどに映の中は村の因習に取《と》り憑《つ》かれているのか。

（このままじゃおかしくなりそうだ……早く事件解決してここを出ていきたい……考えたくないのにあの夢のことで頭がいっぱいになっちまう）

村の北部を流れる川を遡ってしばらく歩くと、上流に平条の滝が現れる。なかなか険しい道もあり長々と引きこもっていた身ではかなり息も上がるが、豪快な滝の音が聞こえてくると何やら晴れ晴れとした心地になる。

「今日は水量が多いですね。この前よりも音が大きい気がします」

「うん、そうかもな。こないだは通り過ぎただけだったし、もっと近くに行ってみようぜ」

二人は階段を下りて滝へと近づいてゆく。展望台が設置してあり、そこからの眺めが最も滝全体を見られる場所のようだ。

脇道《わきみち》に滝の説明が書かれている案内板を見つけた。やや古いもので所々塗装が剝《は》げているが、解読できないほどではない。映はじっくり読んでみた。

「へぇ……。オタキ様の元になったお滝《たき》はここに身を投げたのか」

「え、神様の化身とかいう女性でしたよね。平家の落人と共にここに落ち延びた」

「うん、そう宮司さんに説明されたけど……村の幸福のためにここで人の姿を捨てた、らしい。それで追っ手は退けられ、村に平和が訪れたと」

「なるほど。その後、村人たちがお滝を祀ってオタキ様が生まれたわけですね」

調査のことを忘れるためにこの滝に来たのに、結局またオタキ様に戻っている。結局この村にいる限り、あのおぞましい因習からは逃れられないのかとため息をつく。

「あれ？　映さん……あの人は」

ふいに雪也が怪訝な声を漏らす。顔を上げると、丁度階段を下りてくる中年男性の姿が目に入った。間宮の父親の武郎である。

「おや……これはこれは、大地のご友人の」

「どうも、こんにちは。こんなところで奇遇ですね」

武郎は映たちを見て微笑むが、どこか複雑そうな顔つきである。

「この滝はよく見にいらっしゃるんですか」

「いえ、そう頻繁ではありませんがね。こう、考え事をしたいときなどは自然と足が向く感じです。シーズン中は観光客もいますのであまり来ないんですが」

武郎は旅館経営が主な仕事なのだろうが、恐らく村の顔役としても大きな役割を担っているのだろう。例の連続した事件のことも悩んでいる様子だったし、なかなか心労が絶えないのかもしれない。

（けど、佐知さんのことがわかってからどうも嫌な感じに見えちまうよな、このおっさん）

友人の父親なのであまり否定したくはないが、佐知を差別するこの村の状況をただ黙っ

て見ているというだけで無性に憤《いきどお》りを覚える。彼女が幼い頃からひどい目にあっているこ

とはわかっていたはずなのに、この男は何もしてこなかったのだろうか。

「このオタキ様の伝承、面白いですね。平家の落人伝説と繋《つな》がっていたなんて」

雪也が案内板を指し示しながら話しかけると、武郎は苦笑する。

「ああ……この話ね。まだここに案内板があったんだなぁ。通り過ぎているだけで別に気にしていませんでしたよ」

「温泉と並んで、この村のいい宣伝になるんじゃないですか。俺たちも、こういう話が好きでここに来ていますから」

「どうですかねぇ。平家の落人伝説にも諸説ありますから……まあ、今となっては『オタキ様』がこの村に深く根を張っておりますから、どちらにせよ、今更なかったことにはできないのですがね」

武郎の微妙な物言いに、映たちは顔を見合わせる。村人を救ったというお滝の伝承はいくつか種類が存在するのだろうか。ここに書かれているものだけではないということか。

「ところであなた方、あの娘の家に行ったそうですね」

急に話が変わり、一瞬何のことかと思考停止する。すぐに佐知の話だとわかり、映はにわかに緊張感を覚える。本当に、この村ではあっという間に話が広まってしまうのだ。

「ええと、佐知さんのことでしょうか」

「ええ、そうです。何か話したんですか、あの娘と」

「そうですね、色々と。一連の事件の最初の被害者が彼女の友人ですし」

「あまりあの娘と話さない方がいいですよ」

「なぜですか」

　思わず反抗的な気持ちになってしまう。実の父親でありながら相変わらず冷淡な態度に柄にもなく義憤を覚える。

　映の反応が意外だったのか、武郎はややたじろいだ様子で答える。

「いえ、あまり評判もよくないのでね。あなた方のためを思って」

「俺たちは村の外の人間ですから、評判については知りませんが、普通の女性ですよ。話を聞くだけなら構わないと思ったんですが」

「……あれは常軌を逸した執念深い性格なんです。まるで蛇のように執着する」

　武郎の声の調子が変わる。映はドキリとして息を呑《の》んだ。

「関わらない方がいいと思ったんですよ。まあ……もちろんどうするかはあなた方の自由ですが」

「あの、あなたはどうして佐知さんに対してそこまで言うんです。何かそう思わせる出来事があったんですか」

武郎はしばらく沈黙し、昏《くら》い目をして滝の方を眺めた。

「この村を出ていかないことが何よりの証拠です。あの娘はこれまでに何度もそういうチャンスがあった。けれど、すべて無視してきました」

「それは……あなたや他の村人たちが出ていって欲しいと思っているからなのでは」

「いえ……まあ、そういうところもあるんでしょうが……しかし、うちの息子のように田舎が嫌だとここを出ていく若者が多い中、あの娘はこの村が最も嫌いなはずなのに出ていかんのです。あの式を挙げさせた友人も、男の方はかつてあの娘と結婚するつもりだったらしい。だが、断った。自分は絶対に結婚などしないのだと。やがて、男は娘の友人に乗り換えた。それがあのカップルです」

武郎の言葉に映はなぜかギョッとして飛び上がりそうになった。

佐知ではなくこの実の父親から噂の話が語られた驚きもあるが、それはまるで、自分と間宮と瞳《ひとみ》の関係のように思えたからだ。

「そしてそのカップルにわざわざこの村で式を挙げさせる……あまりに不気味でしょう。何を考えているのか……」

「あなたは随分と佐知さんの人間関係についてお詳しいんですね。いくら噂が回るのが早い村だとしても、知り過ぎているように思えます」

雪也の指摘はもっともである。付き合っていた事実や、その後の流れなど、直接本人か他の当事者たちから聞かなければ知り得ない情報だ。

　武郎は俯《うつむ》いてため息を落とす。

「私は村を統括するような立場でもあるので、色々と入ってくるんですよ。ともかく……息子のご友人に不愉快な思いはさせたくありません。気に留《と》めておいていただけたら幸いですな。できれば……すぐにこの村を出た方がいい」

　そう言い残し、武郎は重い足取りで滝を後にした。

　映と雪也はしばらく呆然《ぼうぜん》としていたが、映の携帯の音に我に返る。

「もしもし？　あ、もう調べたの？　早いな。わかった、すぐ戻るよ。今、平条の滝にいるからさ」

「間宮さんですか」

　うん、そう、と頷いて、映は雪也を促し、もと来た道を戻る。

　日は天辺《てっぺん》を過ぎ、初夏の爽《さわ》やかな緑は黄金色の光を浴びて輝いている。そういえばまだ昼食をとっていなかったことを思い出し、急に腹が減ってきた。

「何かさ……間宮の父親、もしかすると佐知さんとコンタクト取ってるのかもな」

「ああ、それは俺も思いました。本人が喋らないとわからない情報じゃないですか、あれ」

　冷淡な他人行儀を装《よそお》いながら、それでも個人的に接触はしていたのかもしれない。

「これまで村を出ていくチャンスが何度もあったと言ってましたしね……そういうことも、実際本人と関わっていないと言えないと思いますよ」

「周りの目が気になって大っぴらには繋がれなかったってことかな……それにしても、何か佐知さんのこと怖がってなかったか、あの人」

まるで本当にこちらの身を案じているかのような様子だった。武郎自身が佐知を恐れているかのような、微かな怯えの表情が滲《にじ》んでいた。

「よそ者の俺たちに……どうしてあそこまで忠告するんだろうな」

「わかりません。何を知っているんでしょうね、あの人。村を出た方がいいなんて、穏やかじゃないですよ」

何となく押し黙って並んで歩く。佐知を蛇のように執念深いと言っていた。確かに嫌いだからこの村に居座ってやるという性質は執念深いと言えるだろう。しかしそれは佐知のせいではなく、彼女を理不尽な理由でずっと虐《しいた》げてきた村人たちのせいだ。それを実の父親にまで怖がられているとしたら、何ともやり切れない。

宿に戻ると、間宮がロビーで待っていた。

まず三人でレストランで昼食をとり、それから部屋に入って、更に増えた書類をテーブルに並べていく。

「本当、仕事早いよな、間宮は」

「いや、ばあちゃんがさ、普段ボケてるくせにそういうことはよく覚えてるんだ。あの家には兄弟が何人いて嫁はどこそこから来て何番目の娘でとか」

「ああ、いますね、そういう人。人間関係を記憶するのが得意なんでしょうね。自分の頭の中ではしっかりと枝分かれした図があるんでしょうが、こっちは話を聞いていると誰が誰だかわからなくなってきます」

「そうそう、そんな感じです。ばあちゃん人脈結構すごいから、やっぱりそういう方面に頭が発達してるんだろうなと」

　雪也と間宮が雑談している間、映はより詳細になったそれぞれの家系図をじっと観察する。

「やっぱり……女系なんだな。明らかに」

「え？　女系が何？　うちもそうだって話したけど」

「いや……被害にあったカップル、皆見事に女系の家なんだ。それに、親世代の年齢もほぼ同じ」

「ああ、そりゃそうだな。このカップルたち大体適齢期で結婚してるから、親の年齢も似たりよったりにはなる」

「そっか……そうだな」

　いよいよ疑いなく嫌な展開になってきた。そうでなければいいと願っていたが、もうどうしようもない。

（間違いなく、間宮の父親は佐知さんと繋がってた……それで俺たちにあんなことを言ったのか……）

「映さん……何かわかったんですよね」

相棒はすでにこちらの表情で状況を理解している。間宮は目を丸くして身を乗り出した。

「え、何？　この家系図ってそんなに重要だったの」

「うん、まあ……確認みたいなものだったけど」

「もうすぐ解決しそうって感じ？　さすが、プロの探偵だな」

「いや、もうちょっと裏付けが必要……どうしようかな」

これからどう調査を進めていくべきか。もう行き着く先はわかっているのだからそれを補強するための行動になる。

そのとき、部屋の電話が鳴った。近くにいた間宮が受話器を取る。

「はい？　え、そうなの……はい、わかりました。伝えておきますね」

短いやり取りをして受話器を置く。

「どうした？　誰から？」

「フロントから。お前にお客さん来てるらしいよ。ロビーで待ってるって」

「え、そうなんだ……誰だろ」

「まさか夏川とかじゃないですよね……十分ここまで来そうな勢いがありますが」

「こ、怖いこと言うな。悪い、それじゃちょっと行ってくるよ」

呼ばれるままにロビーに下りてみると、そこには見知った顔は誰もいない。「夏川様ですね」と小走りに仲居がやってきて、ソファ席を勧めお茶を出す。

「申し訳ありません、お相手様は今さっきお電話が来たので今外に出られていて。お茶でも飲んで少々お待ちください」

「もちろん構いませんけど……どちら様？」

「夏川様のお身内の方と」

まさか雪也の予言が当たってしまったか。早々にうんざりしながら、わかりましたとソファに腰を沈める。

（それにしても、これからどう調べよう……間宮には、全部明白になってから報告した方がいいよな。万が一の間違いだってあるんだし……）

お茶を飲みながら客人が戻ってくるのを待つ。それにしても、この何もないような村で随分と忙しい数日間を送ってきたものだ。

久しぶりの探偵仕事で充実はしているが、やはりこの村の重苦しい空気は苦手である。あの悪夢を見てから、それは一層顕著になった。

（……遅いな。すげぇ、眠くなってきたし……）

一体いつまで待てばいいのか。そもそも、本当に相手は兄の拓也なのか。

そんなことを考えながら、いつの間にか、映の意識は闇の中に落ちていった。

＊＊＊

——お滝。

あの方に優しくそう呼ばれ、甘く抱き寄せていただくだけで、わたくしは幸せだった。

落ち延びるときに奥方様でなく愛妾《あいしょう》であるわたくしを伴ってくださったときから、わたくしはあの方のために生きると決めていた。

氏素性《うじすじょう》もわからぬ白拍子《しらびょうし》のわたくし。それなのに高貴なあの方はわたくしを夢中で可愛がってくださった。

たとえ複数の男にもてあそばれようとも。

たとえ幾度《いや》も種違いの子を産み、理不尽になじられようとも。

村の卑しい男どもはわたくしの体と引き換えに住居や食料を与えてくれる。嫌でたまらないけれど、わたくしがあの方のお役に立てる。

わたくしの一生は、ただあの方のために。

そう思っていたのに。

身重《みおも》のわたくしが村の女たちに滝壺《たきつぼ》へ落とされるのを、冷たき眼《まなこ》で眺めるあの方を見てしまうまでは。

＊＊＊

全身が気だるい。頭の中に靄がかかっているようだ。

目を開けると、目の前に飛び込んできたのは狐の面だった。

思わず悲鳴を上げそうになったが、身じろぎしようとして、体が動かないことに気づく。頭上には荼枳尼天の祭壇。明らかに見覚えのある怪しい空間だ。

（こ、ここは……）

「目が覚めた？」

抑揚のない涼やかな声が響く。

「ここ、もう懐かしいでしょう。あなたたちが泊まったお社……そして、あたしが植えつけられた場所」

「佐知、さん……」

白狐のように美しい佐知が、社の隅に横座りになって映を眺めている。行灯《あんどん》に照らされた顔が冬の月のように神秘的だ。

映は後ろ手に縛られた状態で布団に寝かされている。足首も縛られ、これはなかなか厳しい状況のようである。

「こんばんは。もう夜よ。ちょっと薬の量多かったみたいね。あなたとっても効きやすい体質みたい」

「あのお茶……何か、入ってたのか。何で……」

「手駒《てごま》は多過ぎても少な過ぎてもだめ。コツは弱みがあって守るものがあって逃げ出せない人を選ぶの。この村で暮らしていくなら、そういう駒をいくつか持たなくちゃね」

あの仲居はどうやら佐知の『手駒』だったらしい。まさか間宮の旅館で働く人間にそんな者がいるとは思わず、完全に油断していた。

そしてこのお社を使っているということは、あの宮司も佐知の手の内にあったということだ。まるで蜘蛛《くも》の巣《す》のように糸を張り巡らせている。

それにしても、これまでと口調も表情も変わらないというのに、何という禍々《まがまが》しさだろう。美しいだけに、恐ろしい。間宮の優しい涼やかな目と似た目をしているのに、あまりにも温度が違い過ぎる。

「どうして……こんなこと……」

「だって、これからあたしのこともっと詳しく調べるつもりだったでしょう。たとえば、事故の起きた日、あたしがどこにいたか、何をしていたか、とか」

「調べられたら、困るのか」

「そりゃね。すぐにわかっちゃう。大体有休取って会社休んでたけど、普通に仕事のふりして出ていってたわけだし」

映は唾《つば》を飲む。こんなにもあけすけに喋るということは、もう映をここから無事に帰すつもりはないということだ。

「でも、あなたってすごい。被害者が女系だからって、そこから全部わかっちゃうんだ。まあ、その前にあたしの話したことがあったからね。でも、遅かれ早かれ、あなたは辿《たど》り着《つ》くと思ってた。最後の情けにあいつに忠告させてやったのに、だめだったのは残念ね」

佐知の喋る内容があまりに詳細なので、映の背筋を戦慄《せんりつ》が走る。こんなことを彼女が知り得るはずがない。

「な、何であんた……そんなに知ってんだ……」

「盗聴器」

「え……」

「盗聴器。仕掛けたの。あなたたちの部屋のテーブルの裏。最初に行ったときにね。そのためにわざわざ出かけたのよ。気づかなかったんだ」

あのときか――今になってすべてがわかり、映は臍《ほぞ》を噛《か》む思いである。

まるでこちらを気遣うようなことを言っていたが、それは真っ赤な嘘だった。映たちの部屋に自らやってきたのは、盗聴器を仕掛けるためだったのだ。

「だから全部知ってるのよ。あなたたちの正体も。関係も。……花嫁役は、あなたの方でしょう？　だからあなたをここに連れてきた。あなたで助かったわ。もう一人は重くて大変そうだもの」

「佐知さん……本当にあんたなのか……花嫁たちに危害を加えたのは……」

「だから、そう言ってるでしょう。さっきから自白そのものの内容じゃない」

佐知は少し呆《あき》れたような顔で笑う。

「でも、いくら探偵さんでも、あたしの心の中はわからない。どんなすごい調査をしたって、心の中が読めるわけじゃないものね。だから、最後に説明してあげる。あたしがどうしてこんなことをしたのか」

最後、とはっきりと言われて身が竦《すく》む。この女は何をするにしてもきっと躊躇わない。それがわかるからこその恐怖だ。

しかし、事件の真相は知りたかった。犯人はわかっているが、その動機はやはり想像するしかない。本人が告白してくれるのなら、願ったり叶《かな》ったりだった。冥土《めいど》の土産にはしたくないのが本音だが、ここは好奇心に身を任せることにする。

「あいつに聞いたんでしょう。あたしと友人のカップルの本当の関係」

「あいつって……間宮の父親か」

「そうよ、それしかいないでしょ。あなたたちが滝に行くって部屋で話してたから向かわせたの。偶然なんかじゃないのよ」

武郎が平条の滝にやってきたのも、佐知の指示だったということか。すべて佐知の手のひらの上で踊らされていたことだったと知って、愕然《がくぜん》とする。まさか、あの村の重鎮が村八分のようにされている女の手駒だとは誰も想像できない。

「聞いたけど……男の方と結婚するはずだったって」

「するわけないじゃん、馬鹿馬鹿《ばかばか》しい。結婚なんて。この村で。このおぞましい村の結婚式でなんて」

佐知は吐き捨てるように思いを吐露する。

「確かに付き合ってた。好きだった。でも、結婚はどうしてもできなかった。わかるでしょう、あたしは結婚式って聞くだけで吐きそうになる。でも、彼はしたがった。あたしは本当のことなんか言えなくて、ただ拒絶した。そうしたら、いつの間にかあたしの友達と付き合ってたの。しまいにそっちと結婚するって……何だろうね、結婚ってそんなに大事？　あたしには全然わからない」

怒濤《どとう》の勢いで捲《まく》し立《た》てる佐知に、映はどう言えばいいのかわからない。

佐知の気持ちはよくわかる。結婚式そのものがすでにトラウマになっていたのだろう。

けれど、それを恋人に説明するには、自分の出自を明かさなければいけない。それは佐知には絶対にできないことだったに違いない。

「友達だってね、あたしと彼が真剣に付き合ってることは知ってたはずなのに、よくもそんな裏切りできるじゃない？　二人して……本当に馬鹿馬鹿しい。人間って汚いって知ってたけど、これで決定的になった。この世界はあたしに優しくない。あたしを憎んでる。だったら、あたしもとことんやってやろうって思ったの」

「……それが……友達を殺した理由？」

「うん、そう」

これまでのようにあっさりと肯定する。

やはり、橋から川に落ちて溺《おぼ》れて死んでしまった花嫁は、佐知に突き落とされたのだ。村で結婚式まで挙げさせてくれた友人が、まさか自分を殺そうとするとは思っていなかったことだろう。だから、争った形跡もない。そして、佐知は彼女が泳げないことも知っていた。

「あたしがしたかったのはそのことだけ。後は全部オマケよ」

「どういうことだ、オマケって……死んでも死ななくても別によかったってことか」

「まあ、そうね。そういうこと」

悪びれずに佐知は笑みさえ浮かべて喋り続ける。

「もちろん、あなたが調べて推測したように、相手は選んだわよ。女系の家……あたしの母親の儀式に参加した男たち。その子ども。この世で最も醜いセックスに参加した汚い獣たち。皆、丁度同じ時期に結婚してくれて助かった。まあ、儀式に参加する奴《やつ》らもそれなりに年齢は揃《そろ》ってるだろうしね。そうすると同調圧力の強い村では大体同じ年頃に子どもができて結婚したりするわけ」

やはり、そうだった。佐知の母親への儀式は、男が生まれないようにするため、女系の家の者が選ばれたと言っていた。佐知はその家に復讐の意味も込めて犯行を重ねていったのだ。

「オマケってことは、最初の殺人を誤魔化すために、よそ者に結婚式を挙げさせたことでオタキ様の怒りに触れたと村民に思わせるために……そのためだけに連続してやったことだったのか」

「まあ、そういうこと。一人は運悪く死んじゃったみたいだけど、死んでも死ななくてもどっちでもよかった。ただ、生き残った連中は今も怯えてるみたいだし、まあまあ満足だけどね」

「女の方を殺したのはどうしてだ。友達だって……付き合ってた男は生かしておくのに、どうして……」

「花嫁だからよ。探偵さん、知らない？　女ってもてあそばれて虐げられて殺されるために生まれてくるの。古今東西の事件を見てみてよ。大体被害者は女。現代だって残酷な扱いを当然のように受けているのは女。あたしは世界に憎まれてるけど、他の女だって皆憎まれてる。ずっと続いてきたあの儀式だって、女が憎いからやってるみたいなもんじゃない？　女の尊厳を殺し、女の肉体を踏みにじる。そりゃ元カレだって殺してやりたかったけど、殺しちゃったら一瞬でおしまいじゃない。生きて長々と苦しんだ方がいいかなと思ったし」

表情も声も冷静でも、ほとばしる憎悪に皮膚がピリピリとひりつくようだ。

女は殺されるために生まれてくる——何という言葉だろう。

『……あれは常軌を逸した執念深い性格なんです。まるで蛇のように執着する』

今になって武郎の言葉が真実だったと実感する。

佐知は、これまで儀式で生まれてきた者たちの恨みを一身に纏《まと》った存在なのかもしれない。残酷な場所から逃げようとせず、恨みを溜《た》めていき、網を張ってじっくりと復讐の機会を窺《うかが》っている。

そして男に裏切られたとき、呪《のろ》いは発動した。それは佐知の手によってもたらされたかもしれないが、まさしく、オタキ様の呪いだった。

「さっき……夢を見た」

「え？　そこで寝てたとき？」

「そうだ……平家の落人についてきた白拍子の夢だった」

佐知は美しい目を瞬《またた》かせる。

「白拍子の女は、その武士を愛してた。村人に言われるまま、住処《すみか》と食料を得るために体を与えた。そして何度も子を孕んで……最後には村の女たちに殺された。彼女が愛していた武士は、彼女を助けなかった」

「それ……オタキ様？」

「そうだと思う。その女がここに祀られたということは、彼女の死後何らかのことが起きて、村人が恐れをなして彼女の魂を鎮めるために、そうしたんだろう」

佐知はケラケラと笑い出す。

「それが今じゃ子孫繁栄だの家内安全だののご利益として祀り上げられてるんだから、本当に皮肉ね」

「最後の最後に男に裏切られたことを知った彼女は、その瞬間呪いそのものに変じたんだと思う……きっとあんたの中にも、お滝は生きてる」

「……あたしの中に？」

「男に裏切られて、あんたは一線を越えた。お滝の魂が変わったのと同じだ。静かに育っていたものが、はっきりと形を成した」

映の夢にも現れるほどだ。お滝は久しぶりに儀式で生まれた佐知の中にも生きていた。

かつてと違い差別を受けるようになった儀式の子どもである佐知の中で、彼女の呪いは育っていった。

「そうかもね。オタキ様の伝承には裏伝承があるってことは聞いてた。どういう話か忘れちゃったけど、あなたの見た夢が正しいんだろうね。似た内容だった気がする」

佐知は素直に映の言葉を受け止める。夢などという曖昧《あいまい》なものにはまったく関心がなさそうだが、僅《わず》かに興味を覚えたらしい。

「それにしても、あなたって霊感でもあるの？　そんな夢見ちゃうなんて。あたし、オタキ様の夢見たことなんか一度もないわよ。存在だって信じてなかったし」

「霊感なんてない！　ぜんっぜんない！」

思わずムキになって否定する。それだけは認められないのである。

「でも……見てるじゃん。意味深な夢」

「ち、違う……これは……このお社に一晩泊まったからだ。あの夜も見たんだ。そのせいで……」

「それはどんな夢だったの」

「……狐の面をかぶった男たちに、犯される夢だ。俺の体が女になってて……」

佐知はしばらく無言で映をためつすがめつ眺めた。相変わらずその顔には何の感情もないように見えるが、微かにどこか同情したような憐れみが浮かんでいる。

「……可哀想にね。せっかく男に生まれたっていうのに……あなたも殺されるために生まれた女と同じなのかな。男に踏みにじられて、なぶられて」

「そんな風に言うな。あんただって……そんなことのために生まれたんじゃない」

「でも、事実よ。あたしの出生に関することはすべてこの村の汚点。それでここの宮司も、種のあいつもあたしに従う。バラされたくないから。汚いことだから。……最初からやんなきゃよかったのにね」

一抹の虚《むな》しさと悲しみが、白い面を過《よぎ》る。そこに初めて人間らしい血の通った感情を見たような気がして、映は目を奪われた。

誰でも生を受けた以上は真っ当に生きていきたい。幸福になりたい。

そんな当たり前の願望すら抱けなかった佐知の心は次第に人のものから離れていってしまったのかもしれない。

それでも、愛を知り、熱中し、感情を傾けられた相手がいた。

だからこそ、裏切られたときに虚無に帰る反動は大きく、この復讐劇は始まってしまったのだろう。

「さて……あなたはよそ者で、しかも色んな規則を破って儀式をやった。これ以上ないくらいオタキ様の怒りに触れたはずなんだから、死ななきゃいけない」

「やっぱ……そうなる？」

「そうよ。じゃないとこれまでのことが否定されちゃうし。悪いけど諦《あきら》めて、探偵さん」

佐知は転がっている映の上に覆いかぶさり、じっとその顔を見下ろす。

「……綺麗な顔。白無垢《しろむく》着たんですってね。似合っただろうな」

「相棒の趣味だ。本当はそこまでする必要なかった」

「でも、花嫁の実験なんだから、やっぱり着なくっちゃ。ここに二人で入って盛り上がっちゃったんでしょう」

暗にここで映と雪也がセックスしたことを指摘され、さすがに顔が赤くなる。

「わかる。ここってそういう空気あるもの。だってそのためのお社なんだものね。もう、年々染みついているものがあるはずよ」

佐知は映の頰をするりと撫でる。無表情な顔の中で、瞳の奥に赤く揺らめく炎がある。

「最後の思い出に、あたしとする？　それとも女はだめなタイプ？」

「……男をもてあそびたいのか」

「女がされてきたことだし、少しくらい仕返ししてもいいんじゃない。でも、あなたはそもそも女の側みたいだから……あんまり面白くなさそうだけど」

「俺の花嫁をどうこうするのはやめてもらえますか」

戸の向こうから声が響いた次の瞬間、最初の衝撃でメキメキと音を立てて鍵《かぎ》が破壊される。二度目の衝撃で戸がひしゃげ、凶器に等しい脚が見えた。

開け放たれた戸口からズカズカと入り込んできた雪也は、覆いかぶさっていた佐知を押しのけ、唖然《あぜん》としている映を拘束している縄を素早く解いた。

佐知は特に抵抗することもなく、無表情のまま雪也を見上げている。

「何でここがわかったの？」

「発信機です」

「……発信機？」

「この人はトラブル体質なので、しょっちゅうさらわれるんですよ。その対策として、常に俺が彼の服に仕込んでいるんです」

「嘘……怖……」

「あなただって盗聴器仕込んでたでしょうが」

蛇のように執念深い女にすら怖いと言われてしまう雪也。方向性は同じなのでどっちもどっちである。

「じゃ、すぐに場所はわかってたわけね。助けに来るのが遅れたわけは？」

「もちろん、あなたの自白を録音するためです」

「外で聞いてたってことね……やっぱり怖い。こんな花婿じゃ、あなたも苦労するでしょうね、花嫁の探偵さん」

否定のしようもない。しかし、その執念のお陰で毎度助けられているのも事実である。

「観念してくださいね。一応通報もしてありますので」

「そうするしかないわね。ここまで用意周到にされちゃ」

「いやに潔《いさぎよ》いですね。自殺が怖いので縛らせてもらいますね」

雪也は映を縛っていた縄で佐知を縛る。口を開かせ中に毒物など仕込んでいないか確認し、ようやく映に向き直る。

「大丈夫でしたか」

「うん……ありがと。まさかまたここに戻ることになるなんて思ってなかったわ……」

お社の中は何も変わりない。もしかすると宮司が隠し棚の淫具は始末したかもしれないが、それも映たちにとってはもはやどうでもよいことだ。

佐知は縛られたまま床の上に脚を伸ばし、少しも悪びれぬ様子でため息をついている。

「あーあ……。大地が連れてきたよそ者のせいで、あたしの計画が頓挫《とんざ》しちゃった」

「でも、あなたの目的は最初の殺人だけだったんでしょう。後はカモフラージュなんですから、もう計画は成功したはずなんじゃないですか」

「でも、オタキ様の呪いって信じさせてずっと怖がらせたかったから、これで真相がバレちゃったら台無しでしょう。本当、余計なことしてくれたんだから……」

「ところで、あんたの母親の儀式に参加した家は他にまだいるのか」

「そうね。まずは大地の家。あとひとつあったと思うけど……どうせあたしは捕まっちゃ

うから、そいつらには復讐できそうにないわ」

佐知は心底残念そうに首を振る。

「まあでも、これから最高の復讐もできるだろうし、よしとするか」

「最高の復讐……？　誰にですか」

「この村によ」

何を当たり前のことを、という顔で佐知はキョトンとする。

「警察に行けば動機とか洗いざらい喋らなきゃいけないでしょ。そしたら、この村の恥ずかしい儀式もバレちゃうってわけ。それで差別なんかもあったっていう現代にあるまじき話もね」

確かに、誰もが隠したがっていた事実を白日の下に晒《さら》すのは、最も大きなダメージが生じることだろう。

「ネットなんかでも結構なネタになりそう。もしかしたら週刊誌なんかの取材も来るかもね。若い子たちはますますここから逃げるだろうし、いよいよこの村のおしまいも見えてきそうじゃない？」

「まさか、あなたの最終的な目標は……」

「そうね。夢は大きく、廃村ってところかしら」

微笑みすら浮かべて目を輝かせる佐知。

「そうじゃないと、あのおぞましい儀式は性懲《しょうこ》りもなく復活するかもしれないでしょ。それを考えたら、なくなっちゃった方がずっとマシ。そう思わない？」

「……世代交代していけば、消えるかもしれませんよ。俺は、この村が消えて欲しいとまでは思いません」

「そりゃ、あなたたちがよそ者だからよ。ここに暮らしていれば、どんなに窮屈で、不気味で、旧弊なところかっていうのがわかる。些細《ささい》なことだって一度でも噂を立てられたらおしまい。皆が喋ることは現実になっちゃうのよ」

美しい山々や滝、のどかな風景とは相反する、村民たちの互いを監視し合うような息苦しさがあることはわかっている。しかし佐知の言う通り、実際にここで生まれ育たなければ実情はわからないのだろう。

「だからね、皆生け贄《いにえ》が必要だったの。常にね。あたしがここを出ていけば、きっと他の誰かが生け贄になる。皆で一人を責めていれば、他の人たちは安全ってわけ。誰かを足蹴にしていないと不安なのよ。だって次は自分の番かもしれないんだから」

「もしかして、あなたがここにいたのは誰かを守るためでもあったんですか」

「そう、と言いたいところだけど、違う。悲しいわね。あたし、自分のことしか考えてないもの。もちろん、あたしがここに残っていたのは復讐あってこそ。いつの間にかそれが義務になってた。あなたたちが来なければ、もっと色んなことも計画できたんだけど……」

心底残念そうにため息をつく佐知。遠くから警察の車の近づいてくる音が聞こえる。

かくして、連続花嫁殺傷事件は解決した。しかし、どこか何か引っかかるような違和感を覚える映。真実は犯人である佐知がすべて告白したというのに、納得いかない何かがある。

それを確かめる間もなく、佐知は警察に連れていかれ、映と雪也も事情聴取を受け、騒動はひとまず幕引きとなったのだった。

禊《みそぎ》と嘘《うそ》と真実と

長々と警察の事情聴取を受け、宿に戻れたのは随分遅い時間になってからだった。出してもらった夜食を平らげ、ヘトヘトになった体を大浴場で癒《い》やす。

「はぁ……疲れた……また劇的な終わり方だったな……」

「映《あきら》さんが拉致《らち》されるのはいつものことですがね。本当に好きですね、あなたは」

「好きで拉致されてるわけじゃねーし！　はいはい今回も迷惑かけました、雪也《ゆきや》様のお陰で助かりましたー」

遅い時間帯なので他の客はいない。開放的な露天風呂《ろてんぶろ》に浸《つ》かりながら、二人はのんびりと星空を眺めた。

宿は明日には出る。事件が解決した今、もうここに滞在する理由もない。警察からまた聞きたいことがあれば出向くが、それはそう頻繁ではなさそうだし東京からでも十分だろう。

「この綺麗《きれい》な夜空とも今夜でお別れだな」

「ええ。東京のように汚れていないと、こんなにもたくさんの星が見えるものなんですね」

降るような星空とはまさしくこのことだ。東京の煤《すす》けた空とはまるで別の世界のように澄み渡り、数多《あまた》の星々が隠されていた事実を知る。

「空はこんなに綺麗なのに……なぁ」

「彼女は、村の因習が生んだモンスターでしたね」

「うん……ごく普通のところに生まれて、妙な差別なんかされなけりゃ、あんな風にはならなかっただろうな」

結局最後まで、彼女の素の表情は見えなかったような気がする。

佐知《さち》は常に、白狐《しろぎつね》の面をかぶっていた。表情はなく、無感動で、心を読ませない。嘘も真実も、等しく垂れ流す。

狐《きつね》と、荼枳尼天《だきにてん》。佐知とお滝《たき》。これまで儀式を受けさせられてきた数多の女性たち。

映は星空を仰ぎ見ながら思わず呟《つぶや》く。

「何でここには、こんなに悲しい女の話があるんだろうな……何であんな夢見せられたんだ、俺は……」

「オタキ様の元となった、お滝の夢ですか」

「うん。あれは、儀式で泊まったあの夜とは全然別の夢だった。悲しくて切なくて……何の救いもない、ひでぇ夢だ」

「その恨みが村に何らかの災いをもたらし、村人たちが彼女を祀《まつ》ったのが、オタキ様の始まりということですよね」

「ああ。荒御魂《あらみたま》ってやつかな。神格化して祀り上げることで怒りを鎮めようとする手法だ。そんなことする前に、生きてるときにもっと何とかできなかったのかと思うけどな」

「彼女がしょっちゅう村の男の子を孕《はら》んだから、子宝とか子孫繁栄とかのご利益としたわけですよね……何というか、エグい話です」

佐知は女は虐《しいた》げられ殺されるために生まれるなどと言っていた。お滝や彼女自身、そして儀式を受けてきた女たちの有り様を見ていると、それは違うと否定などできない。

「雪也はさ、佐知さん、どう思う」

「どうって……事件の犯人です。もちろん、同情の余地はあるというか、ひどい環境だったことは気の毒ですが……それにしても、自分をいじめてきた村人がオマケで、本当に殺したかったのが友人だけだったのには驚きましたが」

「それ、そう思うよな……そっちがついでなのかよ、っていう」

「まあ、でもそのくらいどうでもいい存在だったのかもしれません、彼女にとって村の人々というのは。そちらの方がより冷淡さというか、残酷さを感じますがね」

佐知はここの村が嫌いだからこそ、ここに残った。それを村人が嫌がると知っていたから、いわば嫌がらせのためにここに住んでいたのだ。

強い復讐心《ふくしゅうしん》があったのかと思えば、もうそれを通り越して、路傍《ろぼう》の石というか、虫けらというか、塵芥《ちりあくた》ほどにしか思っていなかったのかもしれない。それに反して、友人たちには燃えるような殺意を抱いていた。好きだったから、愛していたからこその憎悪である。

「計画って……どんなこと考えてたんだろうな」

「最終的な目的は廃村だったようですが……その前に何か事故を装《よそお》って村全体を焼き払ってしまいそうな感じでしたよね」

「やりかねねぇな、あの人なら……」

顔色一つ変えずに村に火を放つ佐知など、何の違和感もなく想像できる。今頃警察署で淡々とこれまでのことを話しているのだろうか。それとも、演技力を披露《ひろう》して泣きながらこの村の醜悪さを力説しているのだろうか。

風呂から上がって部屋に戻った途端、待っていましたとばかりのタイミングで携帯が鳴る。ディスプレイに拓也《たくや》の名前を見てうんざりしながら通話ボタンを押す映。

「はいはい」

『ちょっと！　本当に！　いつまで帰ってこないつもりなんだっ！』

「いや、帰るよ。明日帰る。だからそんな鼻息荒くしないで」

『え、明日⁉　ほんと⁉　ヤッター！　ヤッター‼』

一人で万歳三唱しそうな勢いで狂喜乱舞する拓也に湯あたりではない目眩《めまい》がする。

『じゃあ明日は映帰還の記念日だ！　張り切ってパーティーの準備しちゃうからな！』

「いや、パーティーはやめて、マジで。普通でいいから」

『そんなことないだろうっ！　無事遠い場所から帰ってくるんだ！　お祝いしなきゃ俺のポリシーに反するぞ！』

「遠いって……ロシアも行ったけど今回は福島じゃねぇか。あと、俺云々《うんぬん》より美月《みつき》の誕生会だろ、騒ぐべきなのは」

『え〜？　美月祝うより映祝いたーい』

「勘弁してくれ。可愛《かわい》い赤べこ買って帰るから大人しく待ってろよ、頼むから！　薄皮饅頭《まんじゅう》もままどおるも買って帰るから！」

まだ何かゴネている拓也を無理やり説き伏せて通話を切る。ドッと疲れが押し寄せるが、色々とドロドロとした人間関係を見た後では、この兄のいつも通りのテンションがむしろ爽《さわ》やかにも思えてくる。もちろん錯覚中の錯覚であることはわかっているのだが。

疲労がピークに達し、敷かれていた布団にダイブすると、あっという間に眠気が押し寄せる。

「映さん……最後の夜なんですから……」

「ん……え、正気？」

　のしかかってくる男の体が熱い。こんなにも大変な一日だったというのに、まだそんなことをする元気があるのかと感心してしまう。

「俺、疲れてるんだけど……薬盛られて拉致られて縛られて、殺されそうになってさ。マジでハードモードな一日だったんだけど」

「ええ、だから寝ているだけでいいですよ。俺が映さんの全身を揉《も》みほぐしてあげます」

「ほんとに俺、眠いんだからな……寝ても文句言うなよ……」

　呟く側《そば》から瞼《まぶた》が落ちてくる。雪也は映の体を軽々と横抱きにし、後ろから首筋を吸い、浴衣《ゆかた》の中に手を入れ、風呂上がりの肌を揉む。

　夢うつつになりながら、こうしてほとんど眠っているような体でいじられていても、雪也の愛撫《あいぶ》は心地いい。

（やっぱ、あの狐の男どもに犯されてたあの夢とは違う……雪也の体は、手は、体温は、匂《にお》いは、安心する……）

　人の情念というものは目に見えない。けれど、確かにそこに存在し、そして降り積もってゆくものなのだろう。もしそれが長い時をかけて積み重なれば、あの夢のように何らかの形を成《な》して現れる。

　あれは女たちの悲鳴だった。薬で動けなくされ、体をおかしくされて、数多の男を受け入れる地獄が滴《したた》らせた悪夢だった。

雪也は未《いま》だ映の体のそこかしこに残っていたおぞましい夢の名残を、一気に追い払ってくれる。今、映の肉体は雪也だけを感じ、雪也に包まれている。

「映さん……まだ眠いんですか」

「ん……寝そう……」

「でも、ここはちゃんと反応してますよ……後ろも俺の指を咥《くわ》え込《こ》んで……」

眠いながらも雪也に慣れた体はしっかりと熱を持ち、切実に雪也を求めている。

佐知は映も女と同じように虐げられる存在と言ったが、映は雪也という男を得て、彼に愛されていればそれでよかった。

(もしもいつか、俺がお滝のように雪也に裏切られることがあったとしても……俺はそれを恨みに思うことはないだろう)

今はあふれんばかりの執着と愛情を受けているからそう思えるのかもしれない。けれど、これまで暗闇《くらやみ》をさまよっていた映の心を力ずくですくい上げてくれた雪也への愛情は、もはや映の中で揺るぎないものとなっている。

「あ……は、ぁ……ゆき、や……」

ゆっくりと入ってくる、愛《いと》しい男の欲望。疲れている、眠たいと言っても強引にねじ込まれる暴走機関車だが、そんな抑えの利かない愚直さまでも愛おしい。

「はあ……ああ……映さん……映さん……」

ゆさゆさと揺すぶりながら、雪也は切羽詰《せっぱつ》まった声で映を呼ぶ。誘われるように首を曲げると、後ろから待ち構えていたように唇にかぶりつかれる。

「んっ……、ふ、んぅ……う、は、あ……はぁ、あぁ」

「あなたが無事で……本当によかった……拉致に慣れている、とはいえ……やっぱり、怖いですよ……あなたがいなくなってしまうのは……」

雪也は声を震わせながら、感情を叩《たた》き込《こ》むように粘ついた腰つきで映を穿《うが》つ。

「いなくなったことに気づいて……居所はすぐに把握しましたけど……泳がせて、証拠を摑《つか》むところまで、待っているのが本当に辛《つら》かった……」

「雪也……、あ、んあ、はっ……、あ」

ぐっと奥まで押し入られて、全身が燃えるように熱くなり、目の前が白くなる。雪也の大きな男根はそのほとばしる情熱そのものだ。あっという間に映を火だるまにし、絡め取り、前後不覚にしてしまう。

「あなたから目を離してはいけなかった……知っているはずなのに、いつもそれであなたを見失う……だからこうしてひとつになっているときがいちばん安心できます……もう常にあなたと繋《つな》がっていたい……本当にそんなことばかり考える……」

「つ、常に、は、無理……、あ、ふぁ。はあぁ、あ、や、あう」

雪也の動きが激しくなる。尻《しり》を押し上げる逞《たくま》しい腹筋に力が籠《こ》もり、後ろからがんじがらめに抱き締めて暴れ馬のように搔《か》き回《まわ》す。

「あなたを抱いている……その事実をいつでも感じていたい……あなたがこの腕の中にいることを実感したい……俺は弱くて怖がりなんです……あなたを抱き締めていなければ死んでしまう……っ」

「ゆ、雪也……、あ、は、あっ」

前触れもなく映の奥で雪也は爆発し、映は声を上げて前を濡《ぬ》らす。用意周到にタオルで受け止められ、映は放出の虚脱感にぐったりと雪也の腕の中で弛緩《しかん》する。

「はぁ……はぁ……すみません……何だか、感極まって、暴発しちゃいました……」

「ん……いいよ……嬉《うれ》しい……雪也がたくさんあふれてきて、幸せ……」

「っ……映さん……っ」

雪也はくるりと映をひっくり返し、正常位で抱き込んで、無我夢中で甘い舌を吸う。いつしか映も雪也の背中に腕を回し、二人は隙間《すきま》もないほどにひとつに溶け合い、密着して離れなかった。

「映さんっ……いつまでも離しませんからね……側にいてくださいね……っ」

「んっ……う、んぅ……当たり前、だろ……、あ、はぁ、ああ」

ずんずんと獰猛《どうもう》に最奥《さいおう》を突きながら、縋《すが》りつくように映を抱き締める。汗に濡れた肌を震わせて幾度も絶頂に達しながら、映はふとあの平条《へいじょう》の滝《たき》から自分が落ちる様を想像した。

けれどそこには、落ちる映までも逃すまいと雪也の腕が追いかけてくる。どこへ行こうと、どこへ落ちようと、雪也は必ずそこにいる。

映は快楽にのたうちまわりながら、必死で雪也にしがみつく。法悦の境をさまよい歩き、悶《もだ》え、どこまでも男の精を貪《むさぼ》るような甘い声を絞るのだった。

＊＊＊

翌日、佐知の逮捕は瞬《また》たく間に村中に知れ渡り、同時に間宮《まみや》も映たちが報告する前に自分と佐知の関係を知ってしまった。

「ごめん。今までも言うタイミングはあったんだけど、ショック受けるかもしれねぇし、全部解決してからにしようと思って……」

「いや……大丈夫。謝らないで。何となく、そうかもしれないって思ってたことはいくつもあったから」

間宮は思ったよりも冷静だった。

宿を出る前にいつものように間宮が部屋にやってきたので、これまでのことを詳細に亘って報告する。

　佐知が自分の腹違いの姉だったことや、父親が佐知の手駒《てごま》になっていたことなど、間宮自身に深く関《かか》わる内容も多く、パニックにならないかやや心配していたが、どうやら大丈夫そうだ。

「多分村の他の人たちは知ってたんだよな……俺の前で佐知の話をしようとしなかったのは、俺の父親が箝口令《かんこうれい》を敷いてたからかもしれない。だから俺だけ何も知らなかったのかな……」

「うん、そうかもしれない。間宮は佐知さんと親しくしてたんだもんな。もしかすると、上の姉ちゃんたちは知ってたかもだけど」

「それにしても信じられないのはさ、話に聞いただけの昔の儀式をまだやってたってことだよ。そりゃ旧弊な田舎《いなか》だってことは知ってたけど、そんな非人道的なことをまだやってただなんて……俺はそのことがすごくショックだ」

　間宮も噂話《うわさばなし》程度になら儀式の内容を知っていたのかもしれない。しかしその儀式で佐知が生まれたということはやはり信《しん》じ難《がた》く、衝撃を受けているようだ。

「それも他の村人たちは知ってたんだよな……はぁ……俺、まるでこの村の人間じゃないみたいだ」

「その方がいいんじゃないか。正直、俺は村の人たちは連続事件の被害者たちがあの儀式に参加してた家の出だってわかってたと思う。それでも、警察に何も言わずに黙ってたんだ。外の人間にこのことを知られたくないから」

「じゃあ、佐知の仕業《しわざ》だって皆想像できてたのかよ……それでも放置してたっていうのか」

頭を抱えて呻《うめ》く間宮。

「わからない、謎《なぞ》だ、なんて言ってたのは俺だけだったのか……それを知るためにわざわざ忙しい夏川《なつかわ》にまで頼んだっていうのに……」

「いや、それは別に気にすんなよ。俺も久しぶりの探偵仕事楽しめたしさ」

「気にするよ！　だって危ないところだったんだろ？　佐知に拉致されて、殺される寸前で……もしお前に何かあったら、こんなことを依頼した俺のせいだ、完全に」

「大丈夫ですよ、間宮さん。佐知さんは、多分この人を殺すつもりはなかったと思います」

え、と間宮は目を丸くする。映も途中からそんなような気はしていたが、確証はなかった。可能性は五分五分だったと思っていたのだが。

「何でそう思うわけ、雪也」

「まず、凶器らしきものを持っていなかったこと。毒物も所持していなかった。だからあの場で彼女がどうこうはできないはずです。もちろん首を絞めたりは、まあ可能ですけれど……これまで事故に見せかけていた彼女の手法としては違和感があります。もちろん、今回は例外だったかもしれませんが。後は手駒の誰かを呼んで始末させる可能性もありましたし……でも少なくともあの場では、彼女が直接映さんを殺すということはなかったと思いますよ」

「あ……そうだ、そういえば」

ふと、映は佐知が逮捕される前に感じていた違和感を思い出す。

「佐知さん、全部自分がやったって言ってたけど、本当にそうなのかな？」

「どういうことですか。手駒にも手伝わせたと？」

「その可能性もある気がする。三年間に亘ってのことだけど、五件の事件全部自分が出向いて実行できるかな……さすがにすべての事件の日に有休取ってたら、怪しまれることもあったかもしれないし」

「……もしかして、俺の父親も加害者だったかもしれないってことか」

間宮の声のトーンが落ちる。手駒としていいように使われていただけならまだマシだが、もしも直接被害者に手を下していたとしたら、それはまた話が違ってくる。

「本当のところはわからない。ただ今は佐知さんが全部自分でやったと言ってる。雪也が彼女の自白を録音してたし、彼女自身がそうはっきりと犯行を自供していれば疑いが他へ向くことはないと思う……警察も忙しいしな」

何とも言えない空気が漂う。佐知は捕まらなければ新たな計画も立てられたと言っていたが、今このタイミングで逮捕されたことに、言葉とは裏腹に特に悔しがっている様子も見られなかった。

(彼女はきっと、最後まですべての罪を自分一人でかぶるだろう)

彼女が命令したのは間違いない。だが、他の人間がそれを実行したことがわかればそれもれっきとした罪になる。彼女の言動からすればそれも小気味いい結末であるはずだが、そうしようとしない。

それがどういう心情からなのか、映にはわからない。心底憎んでいた村。生まれたときからかけられていた呪《のろ》い。けれど、そこは佐知にとって唯一の居場所でもあった。簡単に言葉にはできないものがあるのだろうか。

「俺が……村から連れ出せていたらよかったのかな。行動を起こしちまう前に……」

「間宮……」

「一人だけ何も知らないで……何か、本当に自分が情けないよ」

肩を落とす友人にかける言葉もない。

「間宮の父さんはさ、佐知さんが今まで村を出るチャンスはいくつもあったって言ってたよ。それでも自分でここに残るって強い意思があったんだから、お前が出ていこうなんて言っても聞かなかったと思う」

「そうかもしれないけど……やっぱり、俺は知っていたかった。全部……」

項垂《うなだ》れてそう言葉を漏らした後、はたと何かに気づいた表情で顔を上げる。

「あ……けど、もし俺が村で結婚式挙げてたら……やっぱり佐知に奥さん襲われてたのかな。儀式に参加してたどころか……実の父親になっちまったわけだし。法則からして、俺がターゲットにならないわけないよな」

「その心配はなかったんじゃないですか」

雪也が間髪《かんぱつ》を容《い》れずに否定する。映は少し驚いた。

「どうしてはっきり言えるんだ？　やっぱ姉弟《きょうだい》だから？」

「いえ、そうじゃなくて……だって間宮さん、本当は婚約者なんていないんでしょう？」

「……へ？」

突然のとんでもない発言に、映は束《つか》の間《ま》フリーズする。

(間宮の婚約者が、いない？　一体どういう意味だ)

理解できずに混乱する。いないならば言うはずがないではないか。それなのになぜ雪也はそう断言するのか。

「お、おい……いきなり何言ってんだよ。そんなわけ……」

「……どうしてそう思うんですか」

間宮は面食らった顔で聞き返す。

「いえ……だって、この村で滞在中、結構な時間一緒にいたと思いますが、あなたは一度も婚約者に連絡を取っていなかった。もちろん、家に帰ってからしていたのかもしれませんが、結婚まで約束した女性なら普段でもメールだのＳＮＳだのでコンタクトを取ろうとするでしょう。日中それに一度も返さないなんてことはあまり考えられないと思います」

「いやいや、雪也、そんなことだけでいないって決めつけるのは……」

「それにこちらから話題に出さなければ間宮さんが婚約者の話をすることもなかった。途中からあなたにそういう存在がいたということすら忘れかけていたほどです。普通、雑談の中で少しくらい出てくるものじゃありませんか」

そう言われてみれば、間宮から婚約者の具体的な情報が出たことは一度もなかった。ただ結婚を考えている女性がいるが、今、村でこういうことになっているから式を挙げるのが怖い、だから解決して欲しいと頼まれただけに過ぎない。

映の元婚約者の瞳《ひとみ》と付き合っていたときも、間宮はよく瞳の話を出したものだ。だから、交際相手の話をまったく出さないという性格でもなかった。

（でも……何でそんな嘘つく必要がある？　いないものをいると言うなんて、随分大げさな嘘だ。そんなこと、間宮がする必要が……）

「……ごめん。実は、そうなんだ」

「……ええっ……？」

あっさりと、間宮は認めた。あまりに呆気《あっけ》なくて、あまりに衝撃的で、映は素っ頓狂《とんきょう》な声を上げてしまう。

「え、え、嘘。え、マジで？　マジで婚約者いないの？」

「うん……ごめん。実はいない。今は付き合ってる子もいないよ」

「えええ……」

呆気にとられる。

まさか、あの人格者である間宮がそんな大それた嘘をつくとは思っていなかった。嘘をつくことなどできないし得意でもなさそうだし、あんなにナチュラルに婚約者がいると言っていたのにそれが真っ赤な嘘だったとは。

あまりにびっくりして口を開けたまま固まっている映に代わって、雪也が問いかける。

「どうしてそんな嘘を？　まあ、俺にはわかっていますけど」

「……それじゃ、多分如月《きさらぎ》さんの想像通りだと思います。俺は……ちゃんとした口実が欲しかったから。夏川にこの村に来てもらって、調べてもらうっていう、大きな理由が……大義名分が欲しかったから」

「映さんと深く関わりたかったからですね？　ただの旧友として再会するだけでなく」

雪也の露骨な言葉に、間宮は羞恥《しゅうち》に頰《ほお》を染めながら「そういう気持ちが少しもなかったと言えば、嘘になります」と認めた。

最後の最後に最も衝撃的な嘘が発覚し、映は抜けた魂がなかなか戻ってこなかった。

(マジかよ……そんな嘘つかなくたって、間宮の依頼なら俺は引き受けたのに……そりゃ婚約者がいるとなれば事件を解決したい説得力も増すけど、わざわざそんなことしなくたって……)

呆然《ぼうぜん》としている映を見て、間宮は泣きそうな顔になる。

「本当にごめん。久しぶりに会っていきなり依頼なんかしても受けてくれるか不安だったから……俺のことなんて、夏川はとっくに忘れてると思ってたからさ……変な嘘ついて悪かったよ。本当、申し訳ないと思ってる……」

「そんな……忘れるなんて、あり得ない……変な心配しなくてもよかったのに……」

映はようやくそれだけ言って、項垂れている間宮をなぜか懸命に慰めた。心はまだ上の空のままである。

間宮を忘れるわけがない。ずっと罪悪感を抱いてきた。間宮の依頼だったからこそ引き受けたのだ。今度こそ本当に幸せになって欲しいと心から願っていたから。自分のエゴで押しつけた婚約者とでなく、本当に結婚したいと思える相手を見つけたのだと、そのことが嬉しかったから。

けれど、婚約者の存在は嘘だった。怒りはない。ただ、ようやく禊ができると思って意気込んでいた気持ちの行き場がなくなり、形容し難い虚《むな》しさに映は遠い目になるのだった。

＊＊＊

「何だか……何だったんだ、この事件は」

帰途につき、新幹線の中で映はぼんやりと呟く。

「皆、嘘つき過ぎじゃね？　色々隠し過ぎじゃね？」

「まあ、最後の間宮さんの話は別として……村社会って感じの事件でしたね」

雪也は映の肩をぽんぽんと叩き、慰める。

「でもこれでおあいこになったんじゃないですか？　お互い魂胆があって嘘をついて、騙《だま》されていたわけですから」

「うーん……そうなのかな……」

「間宮さんは村から離れてもう戻るつもりもないように見える人ですから、正直、村関係の事件はさほど重要とは思っていなかったと思いますよ。あの一連の事件も実際はどうでもいい部類だったんじゃないですか。でも、そこへ映さんと連絡が取れて、しかも探偵をやっていることがわかった。今、村関係の事件を話せばきっと興味を持ってくれる、これをきっかけにして近づきたい……というのは、まあ考えてみれば自然な流れかもしれませんね」

「だからって、婚約者がいるなんて嘘までつかなくても……」

「そこは自信がなかったんでしょう。ご自身でも言ってましたが、映さんが自分のことなど忘れていると思っていたらしいですからね」

「そんなわけねぇのに……何だよ、もう……」

事件も、何もかもすっきりと解決したとは思えないし、最後にこの締めくくりで、何とも収まりの悪い一件になってしまった。

「何か、今までの依頼でいちばん嫌な感じだったかも……気持ちワリぃ……」

「そうですか？　俺は今までいちばん思い出深い依頼でしたけどね」

「ええ？　どこが……」

「だって俺たち、結婚式挙げられたじゃないですか」

「はあ……何だ、あのフェイクの儀式かよ」

雪也は実験《はんすう》とはいえ、結婚式を挙げられたことがよほど嬉しかったらしい。恍惚《こうこつ》として思い出を反芻《はんすう》している。

「今でも目を閉じれば瞼に浮かびますよ。美しい映さんの白無垢《しろむく》姿……」

「雪也が張り切って取り寄せてまで着たんだもんな。俺も変装は何度もしてきたけど、さすがに白無垢は初めてだったわ」

「それに初夜も盛り上がりましたしね。何かいつもと違ってて……夢の中にいるみたいに現実味がありませんでした」

「……あれは……あのお社《やしろ》のせいだ。俺は思い出したくないよ。その後の夢もセットでついてくるし……」

あの夢はなぜ映だけが見たのか。やはり花嫁役だったからだろうか。

（女は殺されるために生まれてくる、か……）

佐知の言葉を反芻する。忘れられない衝撃的な言葉だ。

少なくともあの村では、女はかつてまさしくただ子を産むだけの機械だった。人権などなかったことが窺《うかが》えるし、それが現代も行われたとなればその気風は未だに色濃かったのだろうと推測できる。

あの夢の生々しい感触。狐の面をつけた男たちに代わる代わる犯されるという地獄。そして、お滝の悲しい人生。

生き霊《いりょう》も嫌だったが夢にまで侵入されるのもごめんだ。妙にオカルトづいている昨今、自分の体質が男やトラブルだけでなく、そちらの方までも引き寄せ始めていることを感じて、映は布団をかぶって部屋の隅で震えていたい気分である。

「怖い……もう執念の残ってそうな田舎の村には行きたくない……変な因習とかありそうなとこは無理……」

「もしかして、映さんあの結婚式がトラウマになっちゃいましたか」

「トラウマっつーか……怖くて忘れられねぇよ。あの夢、雪也だって実際に見てみりゃいいんだ」

「それはちょっと遠慮したいですが……結婚式に嫌な思い出がついちゃったのは困りものですね」

雪也はおもむろに鞄《かばん》をゴソゴソと探り始める。

「それじゃ、近いうちにやり直しましょう」

「……は？」

左手を取られ、スッと薬指に指輪をはめられる。

あまりにも自然な動作で、されるがままになってしまった。まじまじとその指輪を見つめると、シンプルなデザインだが繊細な作りで、邪魔にならない程度の大きさのダイヤがきらりと光っている。想像するにかなりの値段ではないだろうか。というか、これは一体何なのか。

「え、何これ……どうしたの」

「いつでもいいタイミングがあればはめられるように持ち歩いていました。もちろん、結婚指輪です」

「え……結婚って」

それはまず互いの意思を確かめ合ってから買うものなのではないか。藪《やぶ》から棒に指輪だけスルッとはめられても実感が湧《わ》かない。というか、サイズがぴったりなのが怖い。

「もちろん普段は外していてもいいですよ。あなたは絵を描きますし、これから人前にも出るでしょうし。余計な憶測を書き立てられて面倒なことになるのは、俺も本意ではないので」

「いやいや、そうじゃなくて……いきなりだろ。しかも新幹線の中かよ」

「前から言ってたじゃないですか。どこか海外で式を挙げようって」

それはもちろん聞いていた。だが、まさかのこのタイミングである。

映の微妙な反応に、雪也も微妙な顔になる。

「嫌なんですか？」

「……嫌じゃねぇよ。別に」

「じゃあもっと嬉しそうな顔してくださいよ。感動で涙を流すとか」

「いやいや、そういうキャラじゃねーし。っていうか、あんな禍々《まがまが》しい結婚式やった後ってのがさ……」

「だから上書きしましょうってことですよ。今度は白無垢じゃなくてウェディングドレスですかねぇ。海外ですから、素敵な教会で挙げたいじゃないですか」

「夢見てんなぁ……あんた意外とそういうの乙女思考だよな」

雪也にとってあのオタキ様での実験は結婚式以上でも以下でもなかったらしい。妙な夢を見せられたり拉致監禁された映には不吉な思い出とリンクしたものでしかないのだが、相棒がこうまで結婚式にワクワクしているのを見ると、こちらもくすぶっているのが馬鹿《ばか》らしくなってくる。

「っていうか、結婚指輪ならあんたのもあるんだろ」

「ありますよ」

雪也が鞄の中から出したもうひとつの指輪を映が奪い、雪也の左手の薬指にはめる。こちらも、もちろんサイズはぴったりだ。

映の指を熱く震える手で握りしめる雪也。映はそっと周りを確認し、素早くその唇に自らの唇を押し当てた。乙女な雪也の瞳は感激に潤んでいる。すぐさま熱烈なものを返されそうになって、車内販売が入ってきたのを見て慌てて手で押し返す。

「ありがと、な。こんなもん買ってたなんて知らなかった」

「俺はいつでも本気ですから。一度言ったら絶対に曲げません」

「知ってるよ」

思わず笑ってしまう。雪也ほど有言実行の男を他に知らない。

「式は……ま、気が向いたらな」

「ちゃんと計画的に決めましょうよ。そのうちに、なんて言ってるとあっという間に俺た

ちジジイになりますから」

「ジジイって言うのやめろ。まあ……そういうのは追い追い決めればいいだろ。いきあたりばったりの方が俺たちらしいじゃん」

「そうですか?」

「そうだよ。最初の出会いなんてあんた記憶喪失でぶっ倒れてたんだからな」

そう言いながらも、ジジイになるまで一緒にいることが当然と思ってくれていることが嬉しい。

子を作るためのおぞましい『結婚式』の模様を見たせいか、結実しなくとも、結実しないだけに、自分たちの結婚式に対する想《おも》いはよほど純粋なのではないかと錯覚する。

(結婚式なんて全然興味なかったけど……まぁ、誰かに誓いを立てるっていうのも、悪くはないのかもしんねぇな。神様相手じゃなくて、お互いに)

間宮にも、いつか本当に結婚したいと思える誰かができるだろう。そしてたくさんの幸せを手に入れて欲しい。

盛大な嘘をつかれたショックは次第に薄れ、そんな気持ちが込み上げる。そしてそれを今度こそ、仲のいい友人として祝いたい。映は指輪を見つめ、しみじみとそう思う。

人は誰しも未来を想像し希望や不安を抱くものだ。

子どもの頃はただ自由に夢を見るだけだろう。けれど長じるにつれて現実を知り、自分の将来がどうなるのか地に足をつけて考え始める。

映の未来図に結婚などという文字はこれまで存在しなかった。考えもしなかったし、願望もまったくなかった。

けれど、隣にいるこの男となら、未来図になかったそのイベントも浮かび上がってくる。

そこには将来が見える。先を見据えた覚悟が見える。

目の前に続く道を、一緒に歩いてくれる人がいる。

映は指輪の感触に紛れもなく幸せを抱き、この新幹線の向かう先に未来を感じるのだった。

あとがき

こんにちは。丸木文華《まるきぶんげ》です。

さて、お陰様でフェロモン探偵シリーズも十一巻目となりました。本当にありがとうございます！　そしてひとまず、ここでこのシリーズは終了となります。

こんなに長く続いたシリーズものは初めてのことで（というかシリーズものをほぼ書いたことがありませんでした）自分でも驚いております。

そもそもコメディものをそれほど多く書いていたわけでもなく、もちろん書くのは好きでしたがどちらかというとドロドロ後味悪い系の話ばかりだったので、このシリーズは本当に楽しく、私にとって癒やしのお仕事でもありました（笑）。

そして長く書いていると、キャラクターが勝手に動いて物語を進めていってくれるので、普通の単発ものとは違う感覚で書いておりました。

節目ということで、今回はやり残したことがないかなと考えて書いた回だったのですが、探偵ものと銘打っておきながら、私の好きな因習ものをまだ書いていない！　ということに気がつきまして、山間の村が舞台となった次第です。

そもそも、どんな方向性でこのフェロモン探偵シリーズを始めたのかなと、最初のプロットを見返してみますと、こんなことが書いてありました。

『ゆるふわ探偵記。主役二人は変人、始終ボケツッコミな雰囲気だが共に暗い過去を持つ。事件は淫靡《いんび》で陰惨なものが多い。作品の雰囲気は明るい』

事件は淫靡で陰惨……そうでもなくなっちゃってたな！　と今になってもっとデロデロにしておけばよかった、とちょっと思います。最後の最後で、なかなか淫靡で陰惨な事件は持ってこられたかなと思いますがどうでしょうか。でも毎回これだとやっぱり重いかな～という気がするような。雪也《ゆきや》の愛はいつでも重かったのですが。

それと、最終巻ならばやはり外せないのが映《あきら》と雪也、二人の結婚式でした。熱望していた雪也のためにも何らかの形で実現させてあげたいという親心（？）でそういったシーンも入れました。

見た目に似合わずイベント重視な乙女心を持つ雪也ですが、やはりほとんどの女性も結婚や結婚式に憧れるものなんでしょうか。私は昔からまったくそういう願望がないので雪也の熱意を理解してあげられないのですが、映はウェディングドレスも白無垢《しろむく》も似合いそうなのでお色直しはたくさんして欲しいです。

雪也は有言実行の男なので、きっと二人でいつしか海外での挙式をしてのけることでしょう。二人でタキシードもなかなか素敵だと思います。この二人にはどの国が似合うかなあ。

最後に、この本をお手に取ってくださった皆様、そしてシリーズを買い続けてくださった皆様、色っぽくて可愛くてカッコイイ雪也と映を生み出してくださった相葉《あいば》先生、丁寧に真摯に仕事をしてくださった編集のIさま、Oさま、本当にありがとうございます。

またどこかでお会いできることを願っております。

『フェロモン探偵　花嫁になる』、いかがでしたか？
丸木文華《まるきぶんげ》先生、イラストの相葉《あいば》キョウコ先生への、みなさまのお便りをお待ちしております。

丸木文華先生のファンレターのあて先
〒112-8001　東京都文京区音羽2-12-21　講談社　文芸第三出版部「丸木文華先生」係

相葉キョウコ先生のファンレターのあて先
〒112-8001　東京都文京区音羽2-12-21　講談社　文芸第三出版部「相葉キョウコ先生」係

N.D.C.913　230p　15cm

丸木文華（まるき・ぶんげ）
6月23日生まれ。B型。
一年に一回は海外旅行に行きたいです。

講談社X文庫

white heart

フェロモン探偵《たんてい》 花嫁《はなよめ》になる

丸木文華《まるきぶんげ》

●

2021年4月27日　第1刷発行

定価はカバーに表示してあります。

発行者——鈴木章一
発行所——株式会社 講談社
東京都文京区音羽2-12-21 〒112-8001
電話 編集 03-5395-3507
販売 03-5395-5817
業務 03-5395-3615
本文印刷－豊国印刷株式会社
製本———株式会社国宝社
カバー印刷－半七写真印刷工業株式会社
本文データ制作－講談社デジタル製作
デザイン－山口　馨

ISBN978-4-06-523112-8

大人気シリーズ『フェロモン探偵』が、ついにドラマCD化！

『フェロモン探偵ドラマCD ～記憶喪失男拾いました～』

如月雪也 役：川原慶久さん　夏川映 役：白井悠介さん

2021年
5月12日
発売

価格：3300円(税込)

◆◆◆ 特典情報 ◆◆◆

アニメイト、コミコミスタジオ、ステラワース共通

書き下ろしSSペーパー「ヤクザなオカン」

アニメイト

特典CD
書き下ろしミニドラマ「翌日、事務所にて」
＋
キャストフリートーク
［出演：白井悠介・川原慶久］

コミコミスタジオ

描き下ろしジャケットブロマイド

ステラワース

原作表紙イラストブロマイドセット